小学館文庫

夢探偵フロイト

—マッド・モラン連続死事件—

内藤 了

小学館

目次

夢探偵フロイト

―マッド・モラン連続死事件―

Dream Detective
Freud

Case file No. 1 : Mud Molan

――夢を見ますか？
あなたはそれを覚えていますか？
繰り返し見る同じ夢がありますか？　忘れることのできない夢は？
ここは夢を集めるサイトです。夢を可視化するプロジェクトを進めています。
あなたが見た夢の話を聞かせて下さい。
私立未来世紀大学・夢科学研究所――

プロローグ

見つけた。

タイトルページを見た瞬間、母親は興奮して気持ちが急《せ》いた。

私立未来世紀大学・夢科学研究所。もしかして、ここなら話を聞いてくれるだろうか。チッ、チッ、チッ、チッ……

うぅーぅ、うぅーぅ、ひぃぅうぅうぅう……チッ、チッ、チッ、チッ……

秒針を刻む時計の合間に、不気味なうめきが混じっている。聞くだけで怖さが伝わるおぞましい声。息子が悪夢にうなされている声だ。

「ひぃうぅ……うぅう……うーぅ、うー」

壁掛け時計は午後四時二十三分を指している。そろそろ部屋へ様子を見に行こうと思いつつ、母親はまたサイトに目を移す。息子は昨日高熱を出して、インフルエンザと診断された。薬で休んでいるときも、悪夢は襲って来るようだ。

――繰り返し見る同じ夢がありますか？――

その文章だけを、なぞるように見てしまう。

同じ夢を繰り返し見る人が、息子の他にもいるのだろうか。どうしてそんなことが起きるのか。『お問い合わせ』にアクセスすると、メールフォームが立ち上がった。

リビングから見渡す空は真っ暗だ。夕闇が迫るからではなくて、雨を抱いた黒雲が猛スピードで押し寄せて来ているからだ。母親は息子から聞く悪夢について、メールフォームに書き込んだ。


――前略　現在二十七歳になる会社員男性の母親です。サイトの趣旨を見せていただき、ご相談したくメールしました。子供の頃から息子が繰り返し見る夢があります。何かに追われて森の中を逃げまわる夢で、追っ手の姿は見えないのですが、物凄《ものすご》い恐怖を感じるし、前方の建物に辿《たど》り着いたところで襲われるらしいのです。その夢を見るときはいつもうなされて、飛び起きることもあるのです。うなされるときは寝言も言います。いつも同じ言葉です。

『助けて、来るな。こっちへ来るな』

今もまだ同じ悪夢を見るようで、少し心配しています。これは病気の兆候でしょうか。それとも、同じ夢を繰り返し見ることは、よくあることなのでしょうか？

：悩める母より――

一気に打ち終え、送信すると、なぜか激しく脱力した。馬鹿なことをしたようにも感じた。

ネット上の見知らぬ誰かにメールするのは、おみくじを引くようなものだと思う。吉と出るか、凶と出るか、もしくは空くじを引く羽目になるのか、それは返信が来るまでわからない。

気付けば息子の声は止《や》んでいて、空はいよいよ暗くなり、遠くで稲妻が光るのが見えた。ベランダに干した洗濯物が激しい風に揺れているので、取り込まなくちゃと席を立つと、バタン！　と、大きな音がして、リビングの扉がビュウッと鳴った。

「純一《じゅんいち》？」

うなされていた息子が目覚めたのだろうか。それにしても、この風は。胸騒ぎがして廊下に出ると、息子の部屋の開いたドアから、風が激しく吹き込んでいた。

「助けて、来るな！　こっちへ来るな！」

中で息子が叫んでいる。

「どうしたの？　大丈夫？」

慌てて行くと、窓下に備え付けられた机の上でパジャマ姿の息子が仁王立ちになっていた。窓は全開で、引けた腰が柵から外に突き出している。

「助けて、来るな！　こっちへ来るな！」

「純一やめて！　十一階よ！」

わあぁと言ったか、ぎゃぁあと言ったか、駆け寄る間もなく息子は悲鳴を上げて外へ逃げ、そのまま宙を落ちて行った。引き留めようと伸ばしきった手が机のペン立てを押し出して、それらが窓枠に突き当たり、何本かのエンピツだけが後を追うように落下していく。永遠とも思えた数秒後、人の潰れる音がして、母親は腰が砕けた。瞬間、空が紫に光って、バリバリバリッと雷鳴が轟《とどろ》き、激しい風と大粒の雨が部屋中に吹き込んできた。

純一……純一……空回りする思考の隅で、母親は名前を呼び続け、階下で叫ぶ声がして、誰かが、救急車、いや警察、と言うのが聞こえた。

飛び降りだ！　もうだめだ！　早くしろ！　警察、警察、警察を呼べ！

全身に震えが来たのはそれからで、灰色の雨粒に叩《たた》かれながら、母親は震えて叫んだ。大声で。悲鳴のように。バタバタと揺れるカーテンの外、真っ黒な空に息子はいない。彼は悪夢に追われて、ここから外へ飛んでしまった。翼もないのに。

割れた空から稲妻が落ちて、耳を劈《つんざ》く咆哮《ほうこう》が砕ける。落雷なのか、それとも自分の声なのか、母親にはもう、わからなかった。

1　幽霊森の研究室

「でね、その時お母さんがメールした『夢科学研究所』っていうのが、この大学にあるらしくって、そういう謎の悪夢を研究しているんだって」

本日のお勧めメニュー、カレーそばをすすりながら友人が言う。

「ふーん」

あかねは気のない返事をする。

「そんな研究室、あったと思う？　調べてみたけど、ぜんっぜん、わからなくてさ。ま、大学が大きすぎるってのもあるかもだけど。あとね、この話自体は一年くらい前に起きたんだけど……でね？　悪夢に殺されるっていうの？　実はネットのオカルト板でも、同じ夢を繰り返し見る人がいるって噂《うわさ》が……ちょっと、あかね、聞いてる？」

「聞いてない」

丼の中身を箸でグルグルかき回し、巻き付けたそばをかじりながら、あかねは答えた。

「そういうそばの食べ方やめなよね。不味《まず》そうだから」

「だって美味《おい》しくないもん」

「美味しくないのはそばじゃなくって、自分のせいでしょ。バイトやって、髪の毛ばっかりいじってて、しっかり講義に出ておかないから」

友人はあかねのグラデーションヘアに目をやった。茶色から金に変わるグラデーションの中間が、カレーそばそっくりの色をしている。

「あー。もう、どうすればいいのか、わかんないよぅ」

あかねはそばを食べ終えて、汁を飲み干した丼を乱暴に置いた。おつゆが飛んで、トレーを汚す。それをナフキンで拭ってくれながら、友人はあかねを睨《にら》んだ。

「教授に泣きつくしかないじゃない。補習を組んでもらってさ、単位を取るしか」

「だって……あの教授、苦手なんだもん」

「あれもダメ、これもダメって言ってないで、それしかないならやるっきゃないでしょ？　ほら、頑張って、立つ立つ、行く行く、もう行って」

シッシと片手で追い払われて、あかねは渋々席を立つ。遅い時間の学食に来る学生たちは、黙々と食事をしながら参考書を開いている。友人も、すでに話は終わったとばかりにスマホを広げて検索を始めた。あかねはガクリと首を折り、食べ終えた食器のトレーを手に取った。

「……じゃ……行ってくる……」

「がんばー」

顔も上げずにそう言うと、友人はスマホを見ながらカレーそばをたぐり始めた。

ブラインドから差し込む光のせいで、教授のデスクに縞模様《しま》ができている。それは教授の頭にも照って、頭頂部の形が透けている。重大な相談でここへ来たのに、あかねはそのことばかりが気に掛かり、俯《うつむ》いた教授の頭をじっと見る。

城崎《しろさき》あかねは二十二歳。未来世紀大学人文学部の四年生だが、春学期の後半になってから、卒業の単位が足りなそうだと気が付いた。慌てて友人に泣きついて、カレーそばを食べながら覚悟を決めて、哲学思想論の教授のもとへ駆け込んできたというわけだ。

「城崎君。きみね」

教授は威厳たっぷりに咳払《せきばら》いした。

「卒業する気があるのかね？　このままだと追試をしても単位が足りそうにないのだが」

ハッとして、あかねは腰を二つに折った。

「そこをなんとかお願いします。履修修正届を出して本気でやります。リポート書きます。講義にも出ます。髪色を変えるのも、月一回程度にしますから」

教授の頭に感心している場合では、全然なかった。このままでは卒業も危うい崖っぷちに、自分はいるのだ。

「お願いしますお願いします」

バッタのように頭を下げると、「そうだね、それじゃ」と、ため息交じりに教授は言って、「ではね。近日中にこれらをリポートにまとめてきたまえ。追試の話はそれからだ」と、デスクに五冊の参考書を積み上げた。

『言語と心の哲学』『印度・仏教学』『倫理学と西洋哲学』『宇宙の哲学』『中国・禅の思想』

「う……これを全部、で、しょうか」

あかねは情けない声を上げた。読もうと努力するたび睡魔《すいま》と闘うことになった参考書の数々だ。タイトルだけで頭の中がこんがらかって、読み切る自信が先ず持てない。

教授はニコニコしながら本をまとめて、揃《そろ》えた背表紙をあかねに向けた。

「不肖未熟の自分を反省するというのなら、先ずは熱意を見せてもらわないと」

「ふしょうみじゅくってなんですか？」

教授は「やれやれ」と頭を振った。

「メモしていくかね？　それともスマホで撮っていくかね？」

「……ありがたく……撮らせて頂きます」

蚊の鳴くような声で答えると、参考書のタイトルを写真に収めて、教授の部屋を後にした。


私立未来世紀大学は埼玉県所沢市三津ヶ島《みつしま》にある。狭山湖周辺の高台に東京ドーム八個分のキャンパスを持ち、周囲を森に囲まれたリゾート感満載のロケーションが売りのひとつだ。勉強があまり得意でないあかねは、大学紹介の資料を見てキャンパスの美しさに心奪われ、迷うことなくAO入試にトライした。奨学金の借り入れを決め、親の負担を減らすため学業とバイトの両立も決意した。めでたく入学が決まったときは、最低限の単位で卒業しようと、自分の力量を考慮せずにカリキュラムを組んだ。そして、シンポジウムで教授と学生が議論を闘わせるのをよそに、せっせと懇親会や二次会の手配に励むような学生生活を送ってきた。

本分をおろそかにしたのは自分のせいだけど、あんな難しい参考書をサクッとリポートにまとめろだなんて、あんまりだ。そもそもそんな頭脳があったら、最初から真面目に勉強してるよと捨て鉢で思う。トボトボと長い廊下を戻って行くと、エレベーターホールの窓の向こうにプラタナスの葉が光っていた。午後の日差しに葉っぱが透けて、美しくも長閑《のどか》な光景だ。

大学教授は意地悪だ。みんな頭がよすぎるから、頭の悪い学生の気持ちなんか、わからないんだ。短期間にこんな難しい本を読むくらいなら、講義に出たほうがマシだった。今となっては、どうにもならないことだけど。

「ふわあぁあぁぁ」

誰もいないエレベーターホールで、あかねはがっくり項垂《うなだ》れる。が、『チン』と音がしてエレベーターの扉が開くと、さっさと乗って、一階を押した。

「へこむ、へこむ、あー、もう、へこむわー」

地団駄を踏んで独り言をいいながらも、操作盤の鏡面部分に自分が映ると、金色の髪を指先でつまんで、気分転換に髪色変えちゃおっかなあと、別のことを考える。次はピンクアッシュがいいかな。一旦色を抜いて、グレーを入れて、ピンクに染める。うん。いいかもしれない。

一階でエレベーターの扉が開いたとき、あかねはもう、立ち直っていた。

職員棟の正面には美しい庭園が広がっている。芝生が張られ、噴水広場や、バラ園や、ドーム型の植物園などの合間に、レストラン棟やイベントホール、研究棟が点在する。この大学の植物園は有名らしく、時折、海外から視察団が来たりもする。どんな理由で有名なのか、あかねはまったく知らないけれど。

とにかく構内は素晴らしく、ドラマの撮影隊がしばしばロケーションを借りに来るほどだ。

だがしかし、そんな大学にも一箇所だけ、学生が決して近寄らない場所がある。手つかずで放置されている開拓予定地で、『幽霊森』と呼び習わされ、その名の通り幽霊が出ると噂のある場所である。森に白衣の男が出るとか、日が暮れてから近くを通ると笹藪《ささやぶ》の奥に狐火《きつねび》が燃えるとか、それは自殺した教授の霊だという者もいれば、いや、本当は自殺ではなく、殺されたのを大学側が隠蔽したのだという、まことしやかな噂まである。手入れの行き届いた構内に不穏な様子は微塵《みじん》もないのに、学校と怪談は切っても切り離せないものらしい。

あかねも幽霊森には近寄らないから、自然とバラ園のほうへ足を向ける。バラ園は花の盛りで、染めたい髪色のバラが咲き誇っているのを見ると、購買会のショップに新色のヘアカラーが出る頃だから、バラ色を探しに行こうと思ってしまう。

大学の皮膚科学研究チームが産学協同でヘアケア製品を開発していて、流通にのる前のレア色が購買会で売られているのだ。あかねは突然気が変わり、行く先をショップに変えた。

広大な敷地を効率よく行き来するには、抜け道を利用するのがいい。キャンパスは迷路のようで、入学したての頃は無駄に体力を使ったが、四年生ともなると敷地をほぼ把握し終えて、最短で移動できるようになる。教授棟からショップへ向かうにはバラ園を突っ切って行くのが早く、噴水の横を通ってレストラン棟へ向かう。購買会が運営するショップはレストラン棟の地下にあるからだ。

気をつけなければならないのは、噴水からレストラン棟へ向かう途中で通路を間違えると、延々と続く冬季用の回廊を遠回りする羽目になることだ。長い回廊は荒天時の避難ルートで、天井と壁面が透明なポリカーボネートで覆われているため、入ったが最後途中で抜け出すことは困難なのだ。真冬の寒風を避けるには便利だが、この回廊の脇こそが、幽霊が出ると噂される森である。雑木や笹が生い茂り、幽霊どころか熊さえ出そうなジャングルだ。

六月のバラ園には高貴な香りが漂っていた。数歩歩けば悩みを忘れる質《たち》のあかねは、トレリスに絡みつく大型のバラに足を止めた。それは拳くらいの大きさで、複雑に折り重なる花弁が薄紅色のコントラストを成している。

「いいかも、このピンク」

もちろん髪色のことを考えていた。すると、

「それはオリビア・ローズ・オースチン。イングリッシュローズの第一人者デビッ

ド・オースチンが娘の名前をつけたバラでね。きれいだろう」

ブッシュの奥で肥料の袋が立ち上がる。よく見ると、それは灰色の作業着に麦わら帽子を被《かぶ》った老人だった。

「びっくりしたーっ。肥料の袋が動いたのかと思っちゃった」

あかねは驚いて、思ったままを口にした。

「そんなところで何してるんですか、おじいさん？」

革手袋をした手で麦わら帽子をちょいと持ち上げ、老人は、剪定《せんてい》バサミとガーデンワイヤーをあかねに見せた。日に焼けた顔と灰色の作業着が捨てられた肥料の袋みたいで、存在感が薄すぎる。縁なしメガネの奥の目は、左右の大きさがひどく違って、左目が細く、右目が大きい。大きい右目を細めると、

「バラはきれいに咲いたら咲いたで、やるべき仕事がたくさんあってね。切り戻したり、お礼肥をあげたり、シュートを上手に誘引したりね」

と、あかねに言った。

「オリビア・オースチンが気に入ったかい？　今年初めて花をつけたんだよ。折り重なる花弁が見事だろう」

「そうなんですね。でも、気に入ったのは花じゃなくって、色のほうです。次はこんなピンクがいいかなって」

言いながらショートボブの髪を一房つまむと、老人は目を丸くして縁なしメガネを動かした。

「髪の毛をバラ色にするのかね？　いやはやなんとも」

「変ですか？　かわいいと思うんだけど」

髪を引っ張りながら首を傾《かし》げると、彼は両目を同じ大きさに細めて、首の手拭いで汗を拭った。

「そんな色にしてしまったら、就職説明会に行くとき困らないかね？」

「平気です。その時だけ黒く染めるから」

「そのたび髪を染めるのかね？」

「一日だけ黒髪にできるスプレーがあって、シャンプーすれば落ちるんです」

老人は目をパチクリさせた。

「いやはや驚いた。年寄りはどうも先入観が勝っていけない。今はもう、そんな時代で、若い人は自由なんだね、素晴らしいねえ、若いってことは」

「素晴らしいばっかりでもないです、ほんと」

ふいに自分の置かれた立場を思い出し、あかねはガックリと肩を落とした。

肥料をあげたり、枝を切ったり、バラに囲まれてのんびり毎日を送るほうが、ずっと呑気《のんき》で羨ましい。

「おや、どうしたね？　なにか悩みがあるのかね？」

あかねは唇を尖《とが》らせた。

「べつに、おじいさんに心配してもらうようなことでもないですけど」

「人を見かけで判断するのはよくないよ。私にだって若い頃があったんだし、恋愛だって、それなりにね。大学時代は年上のカッコいい女学生に憧れてねえ」

「恋愛なんかじゃないんです。事態はもっと深刻で、切羽詰まって……」

学事課へ行くべきだったことを思い出し、「はあーっ」と、大きなため息をつく。留年のピンチを、どうやって乗り越えればいいのだろうか。

「ため息をつくたび、幸せがひとつ逃げるんだよ」

慌てて口を覆ってから、あかねはほっぺたを膨らませた。

「ウソばっかり。そんな迷信を鵜呑《うの》みにするほど子供じゃないです。卒業が危ういかもってときに」

「ほう」

それきり老人は膝を折り、オリビア・オースチンの手入れを始めた。変色した葉を取り去って、開ききった花を切り戻していく。

どうして、誰も彼も真剣に悩みを聞いてくれないのだろう。なんとなく手持ち無沙汰になって、あかねも老人の脇にしゃがんだ。切られた花殻を集めながら、

「単位が足りないんです」

と、泣きごとを言う。

「私、人文学部の四年生なんです。でも、今になって単位が足りなそうだと気が付いて」

「何単位？」

「二単位ですけど、哲学思想論はもう取れないかも……自分で言うのもなんだけど、勉強あんまり得意じゃないし……留年する金銭的余裕もないし。ていうか、余裕があったら、初めからバイト三昧してないんですけどね」

「ここの学費が高かったからかい？」

「そりゃ、ここは私立だし、これだけのキャンパスだし、設備とかすごいし……そういうの、わかって入ったから、いいんですけど……」

「大学生活には満足だった？」

「そりゃもう」

力を込めてあかねは言った。

「この四年間ほど楽しかったこと、もう、一生ないと思う。卒業できたらの話ですけど」

いつの間にか老人の手伝いをしながら、あかねはぼんやり宙を眺めた。

「今さっき哲学思想論の教授に泣きついてきたんです。そうしたら、参考書を五冊まとめてリポートしろって、できたら追試を考えてくれるって」

またため息をついてしまい、「ほらほら」と、老人に笑われる。

「リポートを出す自信がないのかね？」

「ないです」

「ずいぶんはっきり言うんだねえ」

老人はまた笑う。

「勉強したくて大学へ来たんだろう？　違うのかい」

あかねは正直に首を傾げた。

「そうじゃなく……大学生活に憧れて？　私って、きっと、何もかも甘いんですよね。二十二年も生きていると、さすがに自分の適性がわかってきました。勉学に向いていないってことも」

老人はバラを切る手を止めて、あかねの顔をまじまじと見た。大きくてクリクリした目をのぞき込むようにして、

「それじゃ訊《き》くけど、きみは、どんな人なのかい？」

と、訊いてくる。

「どんな人って……んー……それはですね」

あかねも老人に向き直った。

「わたし城崎あかねは、小さなことにくよくよしません。何事にも前向きで、物事を深く考えません。好奇心旺盛で、好き嫌いなくたくさん食べて、いつも元気で、って……こんなところですかね……」

「なるほどねえ」

感心したとも呆《あき》れたともとれる顔つきで、老人は頷《うなず》いた。

「これって、学業を本分とするにはどうかって話ですよね」

あかねがまた肩を落とすと、

「捨てる神あれば拾う神あり」

と、彼はつぶやく。

「なんですか？」

「いいことを教えよう。この大学には『夢科学研究所』という精神医学の研究室がある。予算の乏しい研究室で、あまり知られていないがね」

「まったく知りませんでした。てか、ん？　最近、誰かから聞いたような気も……」

「そこでなら、社会心理学や文化情報学の単位がとれるという話だが」

あかねはブチブチと草をむしっていた手を止めた。

「本当ですか？」

「研究室の手伝いをして、単位をもらう裏技だよ。前にもね、学生が一人、その手で単位を取得して、大学院に進んだはずだが」

「おじいさん！」

あかねは地面に正座した。生足の膝に砂粒が食い込むことなど、かまってなんかいられない。

「それってどこですか？　教授の名前は？　教えて下さい」

頭を下げると、老人は麦わら帽子を脱いで科学棟のほうを指さした。

「科学棟ですね！」

「いやいや、ちょっと違うんだ」

そう言って帽子を脱いだ老人は、白髪交じりの髪をきれいな七三に分けていた。人なつこそうに両目を細めて、言葉を継ぐ。

「科学棟の奥に噴水があって、脇に避難用の回廊があるね？」

「入ったら最後、途中で出られない魔の通路ですか？『幽霊森』のすぐ脇の」

「そう。その通路に一箇所だけ、切れ目があるのを知っていたかい？」

「ああ。草刈り用の出入口みたいな？　森側にだけ開いている？」

「草刈り用の出入口ねえ」

老人は面白そうに頷いて、

「その奥に研究室があるんだがね」と、付け足した。

「うそ」

そんなはずない。あかねは思わず口を覆った。

「その奥は幽霊森ですけど？　ヤブヤブの無法地帯で、死んだ教授の幽霊が出て、鬼火が燃えたり、野生の熊がいるっていう」

「手入れが行き届いていないだけで、幽霊はともかく熊は出ないよ。入っていくと『夢科学研究所』という立て札があるから、そこへ行って相談してみるといい。教授の名前は風路亥斗《かざみちかいと》。神経心理学、社会心理学、文化情報論の学者でね。単位の足りない学生が、たまさか駆け込む本校の秘境だ」

「おじいさん、神！」あかねは思わず手を合わせたが、

「でも……幽霊森……」と、しょんぼり言った。

老人は、大きいほうの目であかねを睨んだ。グリグリした目が迫ってくる。

「きみはどっちが怖いのかね？　幽霊と、留年と？」

しばらく考えてから、あかねは「えいっ」と立ち上がり、老人に、改めて深くお辞儀した。

「不肖未熟の城崎あかね、幽霊森へ行って参ります！」

そして覚悟が揺るがないうちに、脱兎《だっと》のごとく駆け出した。進む先には噴水庭園が

あって、天高く噴出された水がキラキラと光っているのに、あかねはそれに背を向けて、鬱蒼《うっそう》と樹木が茂る真っ暗な森へ、ただ真っ直《まっす》ぐに向かっていった。

噂の回廊は昼でも暗いし、人気《ひとけ》もない。コンクリートの床はところどころに枯葉や埃《ほこり》が吹きだまっているし、天井には蜘蛛《くも》の巣が張ってイヤな感じだ。細長い回廊の中程には一箇所だけ切れ目があって、台車一台が通れる程度の隙間になっている。いずれは奥へ回廊を延ばすか、庭を広げる計画があるようなのだが、現在は笹藪がボウボウ茂るジャングルだ。足を止めてはみたものの、この奥に研究棟があるなんて聞いたことがないし、背伸びして藪の向こうをのぞいても、建物の影もなければ、庭師の老人が言うような立て札もない。

「まさか、私、からかわれたのかな？」

あかねは腕組みをして首を傾げ、誰にともなく問いかけてみた。が、じっとしていると幽霊が返事をしそうで腕組みを解いた。笹藪の奥は雑木の森で、枝葉が太陽を遮って、暗く陰気な印象だ。白衣の幽霊がボーッと立つには、まさに絶好のシチュエーション。

「うはぁ……どうしよう……」

ガシガシと髪の毛をかき回しながらしゃがんだとき、下草が踏みしだかれているのに気が付いた。人か獣が通った跡だ。恐る恐る踏み込んでみれば、その先に、プラカードほどの板に木の棒をくっつけただけの看板があって、『夢科学研究所』という下手くそな文字と、笹藪の奥へ向けた矢印が見えた。様々に体を傾けながら目を凝らすと、雑木林の奥に青いものと白いものと黒いものがある。

「えぇー……」

こうなったらもう仕方がない。あかねは自分を鼓舞して先へ進んだ。

歩くたび生足に容赦なく笹が触れるし、小さな虫が埃のように湧き上がってくる。右も左も前方も森で、湿った土と草の匂いに心細さが募っていく。

「二単位……二単位……」

魔法の呪文をつぶやきながら先を急いだ。こんな場所に研究棟があるなんて、本当の本当に知らなかった。いや。思い出せば老人は、研究『棟』とは言わなかった気がする。研究『室』と、言っただろうか。それにしても。ていうか、こんな場所に夢科学研究所があると知っている学生が、この大学に何人いるというのだろう。

そこまで考えてあかねはようやく、ランチの時に友人が話していたことを思い出したのだった。友人は、あかねの嫌いなオカルト話をしていたはずだ。一年前に誰かが死んで、その原因が怖い夢にあるというような。死んだ人の家族が相談を求めたのが夢の研究室で、その研究室がこの大学にあるとかないとか。

「夢科学研究所……えぇえ？」

立ち止まって、あかねは変な声を出した。単位は欲しいけどオカルトは苦手だ。そもそもここは幽霊森で……そんなことを考えていたら、さっき庭園で会ったおじいちゃんだってこの世の人じゃなかったかもと思えてきた。顔色が土っぽかったし、服は灰色でやせっぽちだったし、肥料の袋みたいに存在感もなかったし……

時々鳥が梢《こずえ》を揺らして、そのたびあかねは首を竦《すく》める。梢から毛虫がぶら下がっているし、蜘蛛の糸は顔に絡むし、暗がりにボーッと立つ幽霊の姿も想像できる。

「二単位ーっ！」

叫んであかねは駆け出した。

するとすぐに青いシートのかかった白いプレハブが見えて来た。プレハブ小屋の脇には畳ほどもある黒い配電ボックスが立っていて、それこそが、青いものと白いものと黒いものの正体だった。ブルーシートは小屋の隣にタープのように張ってあり、その下に一斗缶と鍋があり、カラフルな原色パンツが干してある。これはもしや研究棟ではなくホームレスの家ではないか。プレハブ小屋でその人が死んで、幽霊になっているのではないか。助けを求めるように振り向いてみても、そこに誰かがいるはずもなく、人の気配すらこそりともしない。

「もう……やだーっ！」

立ち止まったが最後、生足を蜘蛛が這《は》い上がってくるようで、あかねはイヤイヤしながら地団駄を踏んだ。そのとたん、プレハブ小屋の窓がガラリと開いた。

「ぎゃあっ」

「何？　どうしたの？」

悲鳴を上げると、中にいた細長い男が胡散臭《うさんくさ》そうにあかねを睨み、

「ここの学生？　うるさいよ」

と、眉をひそめた。両腕に自分を抱いたまま、あかねは両目をパチクリさせる。

「あのぅ……夢科学研究所って……」

「ここだけど。あんた、なに？」

「風路教授ですか？」

質問したとたん、細長い男はピシャリと窓を閉めてしまった。

「はあ？」

あかねはブルンと頭を振った。

あれが幽霊の正体だ。あんな細長い男がここにはいて、それを見た人が幽霊と勘違いしたに違いない。ていうか、庭師のおじいちゃんはそれを知っていたはずなのに、幽霊の噂を否定してくれなかった。熊はいないと言ったけど、幽霊がいないとは言わ

なかった。あんな失礼な男に単位の相談をしろって、研究を手伝って、単位をもらう裏技があるって。ムカムカと腹が立って動けずにいると、今度はプレハブ小屋の入口が開いて、白衣を着た別の男が上半身だけのぞかせた。

「単位が欲しくて手伝いに来たのは、きみ？　中へ入って」

それだけ言ってドアが閉まる。

二度目の男は細長い男よりやや年上で、クールなマッシュヘアにアンティーク風のロイドメガネを掛けていた。黒くて大きな瞳と目が合ったとき、（やや好み）と、あかねは思った。

それにしても、まさかこのプレハブ小屋が研究室なのだろうか。そもそもこの大学に、こんなみすぼらしい研究施設があるなんて、ありえないし、知らなかったし、信じられない。恐る恐るドアの前まで移動してみると、コピー用紙に立て札と同じ下手くそな字で『未来世紀大学・夢科学研究所　ノックをどうぞ』と書いて貼ってある。

あかねはドアをノックした。

「いまさらノックしている場合か。早く入れって、まったくもう」

また細長い男がドアを開け、あかねを室内に引っ張り込むと、電光石火にドアを閉めた。

「ここの出入りは迅速に。ヤブ蚊が入ってくるんだからな」

ロイドメガネを持ち上げて、フロイトが振り向いた。黒々と大きな瞳は吸い込まれそうな色をしている。

「誰っていうか、友だちが。一年くらい前に悪夢で死んだ人がいて、その人の家族が相談した研究室が大学にあるって。え、違うんですか?」

あかねはヲタ森とフロイトを交互に見たが、ヲタ森はパソコンに向かったままで、フロイトは困惑したように頭を掻いただけだった。

ならばあれはただの噂か、それとも聞き違いだったのだろうか。夢の研究なんて胡散臭いことこの上ないし、なんの役に立つのか想像もつかない。

フロイトは大テーブルに載せられていた資料や部品を丁寧にどけて、一台のパソコンの前に壁際から運んで来た椅子を設置した。

「あかね君にはここで作業をしてもらおうかな」

まだ単位の話もしていないのに、あかねは椅子に掛けさせられた。

「私は何をすればいいんですか?　や。それより、ここへ来た理由もまだ……」

そしてあかねは初めて気付いた。

「私がここへ来ることを、フロイト教授はどうして知っていたんですか?」

「フロイトでいいよ。ただの教授でも、呼びやすい方で」

はにかむように微笑《ほほえ》んで、彼はマウスを操作した。

「どうしてかというと、学長からメールがあったから。二単位足りなくて留年しそうな女子学生が研究室の手伝いに向かうと」

「学長が？　え、どうして学長が、そんなことまで知ってるんですか？」

巨大大学の学長がいち学生の留年危機まで知っているとするならば、それは幽霊森を超えるミステリーだ。あかねはそう思ったが、ヲタ森が背中を向けたまま説明してくれた。

「伊集院周五郎《いじゅういんしゅうごろう》学長。さしずめ城崎は庭師のジジイと思ったんだろ？　肥料の袋みたいな存在感の無さでさ、ユニークなジジイだよホント」

「えっ、それってバラ園のおじいさんのことですか？」

振り向いて訊いたのに、ヲタ森は頭一つ動かさない。代わりにフロイトが答えてくれた。

「学長は植物学の権威でね。あれで立派な人なんだ。さて」

起動させたパソコンをネットにつなぎ、フロイトはとあるページを呼び出した。

「今のところ、『夢』で検索すると、トップページに来るようになっている。これが、わが夢科学研究所のホームページだ」

呼び出されたページには、墨を流したような背景に真っ白な文字が浮かんでいた。

——夢を見ますか？　あなたはそれを覚えていますか？　繰り返し見る同じ夢があ

りますか？　忘れることのできない夢は？　……──

「……夢を可視化する研究を進めています？」

「そう。それが、ここなんだ」

両腕を広げ、どや顔で言うのだが、『ここ』が大した研究室とも思えないから、あかねは、「はあ」と、生返事をした。

「ぼくらはサイトを使って夢の情報を集めている。さっき、あかね君が話していたのは、ぼくらが集めたサンプルのひとつに過ぎないよ。人を殺す夢ではなくて、単なる悪夢ね。ちなみに、その彼の死因に関しては、インフルエンザのせいだった可能性も否《いな》めない。幻視というか、夢と現実の区別がつかなくなった故の不幸な事故で、夢に殺されたわけじゃない」

「違うんですか？」

フロイトは頷いた。

「ただ、その時彼が見ていた夢については調査を継続中なんだよね。あとで説明するけれど」

フロイトはカーソルを動かした。

「さて、それを含め投稿者からはメールで様々な夢の情報が寄せられるから、それらを分類して、統計立てるのがあかね君の仕事だよ」

トップページには、大雑把に夢の項目が分けられていた。怖い夢・飛ぶ夢・宝の夢・怒る夢・死ぬ夢・落ちる夢……こんな感じだ。『夢相談室』というタグもあり、そちらには投稿された夢情報がほぼ原文のまま載せられるという。

「ページはすべて閲覧可能だから、『夢相談室』に情報を掲載する場合は投稿者本人の許諾が必要。センシティブな問題を含むケースもあるので、必ず本人に掲載許可を取って欲しい。確認できない場合、載せてはいけない」

「って、私が管理するってことですか？」

「あたりまえだろ」

背後で言うので振り向くと、ヲタ森はさっきと同じ姿勢でモニターを見ている。

あかねはフロイトからマウスを託され、サイトの中身を確認するよう言われた。ホームページには分類された夢の例と、そのタイプの夢を見る背景の確率的数値、神経心理学的見地からの夢占い的アドバイスなどが載せられている。

それらの確認が終わるのを待って、フロイトはあかねのそばへ戻って来た。

「ぼくらがもっとも力を注いでいるページがこれで、ヲタ森の独壇場になっているんだけど」

そしてモニターの一部を指さした。『のぞいてみよう誰かの夢・夢スクリーン』とタイトルがある。あかねがそこをクリックすると、三つのバナーが現れた。

『岩壁に生える宝石・十歳少女の夢』

『記憶が魅せる過去の町・神様の夢』

『夢が教えた芸術作品』

「どれか開けて、見てごらん」

あかねは最初のバナーをクリックした。

セピア色をした砂浜の映像が始まった。寄せてくる波の儚《はかな》さが印象的で、奥へ行くほど霞《かす》んでいる。海面を白く泡が覆って、半透明の砂粒が小さな真珠のようだった。水平線には分け目もなくて、霧のような空間に、波だけがどこまでも遠く寄せている。

「これはなんですか？」

「レンゲちゃんという少女の夢を映像化したものだよ。このシーンにはほとんど色がない。でもね、まあ、見ていてごらん」

唐突に砂がアップになって、そこを歩いていく爪先が映った。誰かの目を通して見ているようだ。一歩、二歩……少女の裸足《はだし》を眺めているうち、あかねは彼女と同化していく。数歩歩いた先には岩場があって、破砕面をつぎはぎしたように尖った岩が、とてつもない高さの岩壁となってそびえている。

「あ」

と、あかねは声を上げた。突然、鮮やかな色彩が目に飛び込んで来たからだ。赤、緑、紫。青、黄色、そして白。とりどりの小さな石が、岩壁のあちらこちらから生え出ているのだ。大きさも太さも指ほどで、滑らかで光沢があり、キラキラキラと輝いている。

「すごい……宝石が生えている。こんなにいっぱい」

あかねは小さくつぶやいた。

美しい石筍《せきじゅん》が欲しいのか、少女は手を伸ばしたが、あと少しのところで届かない。

「しっかり、もう少し」

思わず声に出して応援するも、視界は変わり、少女はまた歩き始めたようだった。今度は砂浜に落ちた欠片《かけら》を探しているようだ。進んで行くと水溜《みずた》まりがあって、小さな魚が群れていた。水底《みなそこ》には宝石も沈んでいたので、もちろん少女は手を伸ばしたが、寸前で手を止めた。宝石のそばに真っ黒なヒトデがいたからだった。

ヒトデを上手に避《よ》けながら、少女はついに宝石を拾う。小指の先ほどの赤い石を手のひらに載せると、もう片方の手で蓋をして、ぎゅっと握った。

映像は、そこで途切れた。

「え？　ここで終わり？」

心から残念そうにあかねは言った。いつの間にかヲタ森がこちらを凝視していて、

「夢なんだから仕方ないだろ」と、言う。

「この夢は明晰夢《めいせきむ》に分類されるものなんだ。少女はそれが夢であるとわかっていたし、もうじき目覚めてしまうこともわかっていた。だから夢から覚める前に、なんとか宝石を持ち帰ろうと考えた。一番小さな石だったらもしかして。そう思って赤い石を拾うと、目覚める途中で落とさないよう、両手でしっかり握りしめて、覚醒したんだ」

「明晰夢って、なんですか？」

「夢だと自覚しながら見る夢のことだよ。明晰夢の達人になれば、夢の結果を自分で変えたり、悪夢にも対処できるといわれている」

「え、それじゃ、この子は石を持ち帰れたんですか？」

「ばかなの？」

背中でヲタ森がボソリと言った。ボサボサの髪をかき回しながら、

「夢から何かを持ち帰れるわけないだろう」

と、眉根を寄せる。小馬鹿にしたような口調ではなく、至極真面目な顔で言うので、あかねは余計に傷ついた。フロイトが先を続ける。

「目覚めたとき、少女は両手を握りしめていたそうだ。もちろん、すぐさま手の中を見たけれど、残念ながら宝石はなかった」

「ですよね。まあ、そうだろうとは思ったけど」

ヲタ森に向けて、少しだけ大きな声を出す。

「この夢は興味深い要素を何重にも含んでいる。ひとつには、彼女が夢で見た行動通りに両手を握りしめて目覚めたこと。これは夢が運動感覚に通じていたことを意味している」

「はあ」

「寝言などの反射運動とは違って、少女は明確に運動機能を司《つかさど》っていたことになる」

「それってすごいことなんですか？」

「興味深いことなのは事実だね」

「それよりも城崎」

ヲタ森は立ち上がり、肩越しにあかねのマウスを使って今の画像を再生させた。

「少女の夢を映像で見た感想だけど、『え？　ここで終わり？』って、たったそれだけ？」

「きれいだなと思いましたけど」

「だ、か、ら、それだけ？」

「私もひとつ欲しかったなって。できればヒトデのそばにあった青いやつ」

「あー、てか、そこかよ……ったく」

ヲタ森は肩を落とした。フロイトがほくそ笑む。

「今の映像はヲタ森が創ったんだよ。しつこく確認すると記憶が書き換えられてしまうから、映像化できそうな夢が手に入っても、実際に映像化するのは難しいんだ。けど、よくできていたろう？」

「え？　これって、創った映像なんですか？」

あかねは本気で驚いたが、それを聞いたヲタ森は、もっと驚いた顔をした。

「創らなかったら、どうやって映像にするんだよ」

「頭になにか装置をつけて、そのまま映像にしたのかと……」

ヲタ森とフロイトは顔を見合わせ、そしてフロイトが声を上げて笑った。

「きみは面白い発想をするね。ま、いつかはそんな時代が来るかもしれないけど、それができるなら、この研究所の出番はないよ」

「でも、じゃあ、どうやって、人の頭にある夢を、映像になんかできちゃうんですか？」

「ひとつひとつ創っていくに決まってるだろ。夢を見た本人に確認を取りながら」

短い眉毛を思い切り寄せて、ヲタ森もあかねに言った。

「あらゆるソフトを駆使して、新しい技術を開発しつつ、丁寧に、丁寧にやっていくんだよ。こんな動画がボタンひとつで仕上がるわけないじゃないか」

「そういうこと。ぼくらがなにをやっているのか、少しはわかってもらえたろうか」

次はフロイトがマウスを動かした。モニター上に呼び出したのは、メールホルダーだった。

「とりあえず、あかね君にはメールの分類をお願いするよ。稀《まれ》にではあるけれど、本物の夢ではなく創作を送ってくる人もいるから、それは消去しないでゴミ箱ホルダーに入れておいて。ぼくが確認してから削除する。そういうメールは夢の研究には役立たないけど、精神心理学のサンプルになる可能性があるからね」

「本物の夢か、創作か、どうやって見分ければいいんですか？」

「ストーリー性がありすぎるものや、統合がとれすぎているものは疑っていい。細部がしっかりしすぎているとかね。たいていの場合、夢はいきなりシーンが始まる。とりあえずやってみて。わからないことがあったら質問してくれればいいから」

フロイトはロイドメガネを持ち上げた。

「たかが夢、されど夢。心拍数を異常に上げて人を殺す夢まであるんだ」

「え？」

顔を上げたが、フロイトは別の機械の前に行ってしまって、ヲタ森はすでに作業に戻っている。改めて室内を見渡せば、給湯設備の奥の小さな窓に、風にそよぐ森の緑が透けていた。

2　マッド・モラン

こうしてあかねは幽霊森の夢科学研究所へ通い始めた。

管理に携わるようになって知ったのは、サイトには夢情報を送ってくる常連がいて、レンゲちゃんと呼ばれる十歳少女もその一人だということだ。

レンゲちゃんはほぼ毎朝、日記代わりに夢の話を送ってくるが、夢を見ない日もあるようで、そんな日は、——ざんねん、爆睡——と、ひと言だけのメールをくれる。

こうした情報にお礼メールを書くのもあかねの仕事で、ついつい余計な話題まで書き込んでしまい、ユーザーとの適切な距離感というものをフロイトから指導される羽目になる。常連の夢はフォルダに区分けされていて、内容を確認するだけで精神不安やストレス状態がわかるという。

あかねが共感したのは、レンゲちゃんフォルダの『飛ぶ夢』で、飛べる高さはせいぜい軒下あたりまで。しかも平泳ぎよろしく両手両足で空中をかくと、体が浮き上がるのだという。動作がのろいので自在に飛ぶ感覚とは程遠く、あくせくしても空中に留《とど》まる程度の飛行しかできない。

「あ、こういう夢、私もよく見てました」

モニターを見ながらあかねは言った。

「私の場合は小鳥みたいに両手をパタパタするんです。けど、休むとスーッと下がってしまって……レンゲちゃんも同じこと書いてる。平泳ぎをやめると下がってくるって」

大型の機械を操作していたフロイトが、あかねのほうへ顔を向けた。

ヲタ森は今日もデスクにかじりつき、マウスを動かし続けている。

「飛ぶ夢に多いパターンのひとつだね」

フロイトは言う。

「労力と飛行の高さにスピードが合致していることと、一定の高さ以上は飛べないことが共通する。さらに言うと、下に危険が待ち受けているというシチュエーションが多いんだ」

「あ、そうそう！　そうなんですよ！」

と、驚いてあかねは言った。

「私の場合は、下にワニの大群が……あ、レンゲちゃんはライオンだ！　ライオンがいるって書いてあります」

「ちなみに俺の友人は、念力で飛ぶ。と、いうか、浮く。座禅を組んだポーズで、ちょっとでも姿勢を崩すと傾いてしまう。力を抜くと落ちていくから、けっこう緊張するんだと。飛べる高さは三メートル以下で、下にいるのはこわいもの。正体はわからない」

振り向きもせずにヲタ森が言う。

「飛ぶ夢は、総じて現状打破を希望する精神状態が見せると考えられているんだよ。潜在意識に成長欲がある場合とかね。一定の高さ以上に上がれないのは、先入観が邪魔するからだ。面白いことに、飛ぶ夢は、見る人と見ない人が明確に分かれる夢でもあるけど、飛ぶ夢を見ない人でも落ちる夢は見る。落ちる感覚は万人が持っている一方で、人は道具なしに空を飛べないとわかっているから、飛ぶ夢にはバイアスがかかってしまうんだろうね。飛び方がぎこちないのもそのせいかもしれないけれど、明晰夢の訓練をすれば意識のリミッターを外して自在に高く飛べるようになるよ」

「そういうものなんですか？」

フロイトはあかねに向けてニッコリ笑った。

「容易《たやす》くはないが、練習次第だ」

「謎なんですけど、明晰夢って、何かの役に立つんですか？」

背中でヲタ森が「ぷっ」と吹く。彼はいつも同じデザインのシャツを着て、裸足にサンダル履きで作業をしている。シャツの色が変わらなかったら、着た切り雀《すずめ》と思うだろう。

「明晰夢を操れれば、好きな夢を見られるようになるかもしれない。どんな世界で、何者になって、何をするかも自由自在だ」

「夢の中で夢をかなえるってことですか？」

あかねはしばし考えた。

「……ある意味すごいことかもですね。でも、それってなんの役に立つんだろ？　萌《も》え萌え気分を満喫するとか？　芸能人と恋をするとか？」

「そういう考え方もあるかもしれないけど」

と、フロイトは苦笑した。

「たとえば、回復の見込みなく、体を動かすこともできない人が、夢の中でだけは自由な世界を生きることができるとか。たとえば、夢の中で故人と会って、心のロスを埋めるとか。夢の可能性は無限大だよ」

「そのために研究しているんですか？」

「あらゆる可能性のためにね。夢はまだまだ未知の分野だから」

「フロイト、ちょっとすみません。やっぱりオカルト板に上がってますね」

ヲタ森が突然言った。いくつも並べたモニターのひとつが、黒ベースに赤文字の不気味なサイトを映している。

「やっぱりただの都市伝説じゃないのかもなあ……一年前のはインフルエンザのせいだったとしても、死んだ会社員が悪夢に悩んでいたのはその通りなんだし……詳しい話を聞けていたら可視化できたかもしれないのに、残念ですね」

「サーチの結果は？」

「二、三名ってところですか」

「あげてみるか……」

「承知」

あかねはしばらく頭の上を会話が行き交うのを聞いていたが、思い切って、「何のことですか？」と訊いてみた。

フロイトは難しそうな顔をして、ロイドメガネを持ち上げた。

「ここへ来た日に、あかね君が言ってた夢の話だよ」

そして説明してくれた。

「約一年前のことだけど、自宅マンションから飛び降りて亡くなった二十七歳の青年がいたんだ。会社員で、繰り返し見る悪夢に悩んでいた。飛び降りたのは病気のせいだと話したけれど、その直前に、たまたま彼のお母さんがこのサイトにメールをくれてね」

「相談メールというのがそれですか？」

フロイトは頷いた。

「メールには、ごく簡単に悪夢の内容が書かれてあった。何かに追われて森の中を逃げ、どこかに逃げ込むと襲われる。うなされて飛び起きることもあったという。残念ながら、ぼくらが本人に会う前に、彼は亡くなってしまったんだけどね」

あかねは思わず首を竦めた。

「だから悪夢に殺されたって噂が立ったんですね？」

「誰かがその話をネットに出して、オカルトめいた部分だけが流布されたんだ。そうしたら、自分も同じ夢を見るという書き込みがいくつかあって」

「便乗や冗談とも思えないから、密《ひそ》かにサーチを続けてんだよ」

ヲタ森が付け足す。黒ベースのモニターが、夢サイトの管理画面に変わっていた。

「相談の件はオフレコのまま眠っていたんだけど、都市伝説みたいに浮上したのがここ一ヶ月ほど。原因は、ネット公募の怖い話サイトに上がったからだ。一年経《た》って、ほとぼりが冷めたと勘違いした輩《やから》が投稿したと思われる」

「あかね君が知りたがっていたオカルト話の、これが顛末《てんまつ》。で、ぼくらが興味を持ったのは、同じ夢を見たという人がいる点なんだ」

「でも……関係ない複数の人が同じ夢を見るなんてこと、実際にあるんですか？」

「うむ」

中指でロイドメガネを持ち上げて、フロイトは宙を睨んだ。

「やはり都市伝説の域を出ないけど、『This Man』という現象がある。二〇〇六年。精神科医は治療のために、その男のモンタージュ写真を作ったんだ」

とある女性が自分の夢に頻繁に出てくる不気味な男について精神科医に相談した。精神科医は治療のために、その男のモンタージュ写真を作ったんだ」

「夢の可視化ってことですか？」

するとヲタ森が憮然として振り向いた。

「俺のCGとモンタージュ写真を一緒にするな。俺のは動くし、三次元だぞ？　モンタージュはたかだか二次元。ぜんっぜん違う」

ヲタ森を片手で制してフロイトは続ける。

「で、精神科医がそのモンタージュ写真をネットで公開したところ、『この男を知っています。私の夢にも出て来ます』という声が、世界中から届いたんだ。アメリカ、ブラジル、イギリス、スペイン、中国、もちろん日本からも」

「うそ……！」

フロイトはニヤリと笑った。

「そう、嘘だ。嘘は最初の設定だった。『This Man』は、噂や情報がネット上でどのように拡散していくのかを調べる実験だった。精神科医も、悪夢に悩む女性患者もでっちあげで、これに多少のオカルト要素を加えて発表したところ、人々は敏感に反応し、その男が自分の夢にも現れるという情報を拡散させた」

「同じ男の夢を見たという、世界中の声も嘘ですか?」

「そう言うつもりはないよ。『This Man』の話に刺激された人たちは、共感もしくは共通する情報を故意に探したといえばいいのかな。持てる情報の中から類似する部分に焦点を当てて、自分たちの『This Man』を探したと考えられるんだ」

「人は迎合したい生き物なんだよ、覚えとけ」

ヲタ森がボソリとつぶやく。

「え? じゃ、亡くなった男性の悪夢もですか?」

「オカルト要素を含んでいるからね。同じ現象の可能性は否めないんだが」

「一番いいのは、きっちり可視化することだぞ? モンタージュみたいなものじゃなく、しっかり認識できるかたちで。だけど本人が死んじゃったから無理なんだよ。一応調査は続けているけどね、てか……アップしました」

エンターキーをポチッと押して、ヲタ森は両手を挙げた。

「森の中を逃げ回り、結果、何かに襲われる悪夢を、繰り返し何度も見る人募集。情報提供者には個別の夢占い三回分を進呈します。こんなところでどうですか?」

「いいね。このまま一ヶ月待っても反応がなかったら、この件については『This Manケース』ということで終了しよう」

フロイトは笑顔でヲタ森に宣言したが、残念なことに、そうはならなかった。


——私が繰り返し見る夢です。見たままを、なるべく素直に書いています。

薄闇が攻めてくる。この夢はいつも、そんな始まり方をするのです。

辺り一面が隠微に霞んで、視界は狭く、足下しか見えない。

ヒタヒタヒタヒタ……ヒタヒタヒタ……耳を打つのは自分が走る音だけで、白いスニーカーの爪先に、茶色い地面と、地面の色をした小石が見える。小石はまばらな大きさで、筋状に坂を落ちていく。

あれが来る。

あれが何かもわからないのに、追われる恐怖で呼吸がはやる。痛いほどに心臓が弾んで、ますます早く走ろうとする。苦しい。叫びたいのに声も出ない。それでも私は呼ばなきゃならない。教えなきゃ。早く逃げろと教えなきゃ。地面は濡《ぬ》れてぬるぬる滑り、靴裏に小石が食い込んでくる。泥でスニーカーが重すぎて、走れない。でも走らなきゃ、あれが来る。

だれか。だれか、だれか気付いて。

あれの気配が背中に迫る。あれの吐息がうなじにかかって、腐った土の臭いがする。

ふぅーう、ふぅーう、は、は、は。ふぅーう、ふぅーう、は、は、は。

爬虫類《はちゅうるい》の臭いに似ている。土葬のお墓を掘り起こしたら、同じ臭いがすると思う。

私は必死にもがいて、もがいて、薄闇に両手を衝《つ》き伸ばす。草か木の枝が触れたなら、それをつかんで進むためだ。泥が体にまつわりついて、あまりにも足が重すぎるから。

逃げなきゃ、もっと早く、もっと遠くへ。

薄闇はもはや闇になり、振り回す手の先に、白い建物が浮かんで見える。

いやだ、と、心のどこかが叫ぶ。心臓が躍って息ができない。いやだ。あの建物には入りたくない。

けれど私はわかっている。また入るのだ。あの建物に。

なぜならこれは夢だから。何度も見る同じ夢だから、逃げることなどできっこない。闇に浮かぶ自分の手は小さくて、指先に血が滲《にじ》んでいる。その手がゆっくり伸びてゆき、ドアに触れる。ドアは外れて隙間が空いている。その隙間から内部へ入る。入りたくないのに入ってゆく。ああいやだ。いやだと思うけど、入ってゆく。

建物は廃墟《はいきょ》になっている。白い壁に、細長い廊下。床には砂が積もっていて、天井は斑《まだら》模様で、汚らしく何かが垂れ下がっている。壁に傾いた額があり、絵が描いてある。廊下の両脇に部屋が並んで、ひとつめの部屋は空っぽだ。斜めになった肘掛け椅子が砂から半分突き出して、窓がある。ガラスが割れて、蔓草《つるくさ》のようなものが絡まっている。

いつもと同じで誰もいない。私は恐怖で泣きそうになる。

窓の奥には森がある。森は真っ黒で、なのに明るい。追ってきたあれは、どこかへ消えた。

だれか。私は大きく口を開け、誰かを必死で呼ぼうとしている。

でも、なんということだろう。言うべき事がわかっているのに、少しも声が出ないのだ。どんなに大きく口を開けても、言葉ひとつ出てこない。口は強《こわ》ばり、肺がつぶれて、喉の奥から雑音を絞り出すだけなのだ。

ひえーぇーっ！　ぴえーぇーっ！

何度叫んでも声にはならない。叫ばなければ終わらない。

叫べなかったら、この悪夢から逃げ出すことはできないと思う。

ふぅーう、ふぅーう、は、は、は。

ふぅーう、ふぅーう、は、は、は。

ああ、まただ。臭いがますます近づいてくる。ドブのような、ヘドロのような、腐った樹木の臭いがしている。あれの姿はどこにもないが、凄《すさ》まじい気配が迫ってくる。

助けてだれか、あれがくる。私はもがき、全身全霊で叫ぶのだ。だめだめだめ、だめだめだめ。こっちへ来ないで。声は出ない。

その瞬間、何かが覆い被さって、私は床に呑まれていくのだ。


胸が詰まって息ができず、苦しさのあまり目が覚めます。真冬でもびっしょり汗をかいて、心臓がバクバク躍っています。自分がベッドにいるとわかっても、まだあれが覆い被さっているような気がします。最近は、また同じ夢を見るのではないかと思って、眠れなくなりました。


はじめまして。突然こんなメールの書き方をしたのは、サイトで募集されたのが私の見る夢か知りたかったからでした。私はこの悪夢に、もう長いこと悩まされているのです。

心療内科を受診して眠剤を処方してもらうのですが、薬を飲んで眠った場合、最後のシーンで目覚めることができなかったらと思うと、怖くて飲むことができません。上手に睡眠がとれないから、道を歩いていても意識が遠のくことがあります。

もしも同じ夢を見る人がいるのなら、その人と話がしたいです。

その人はどうしていますか。この夢に対処できたのでしょうか。

そういう人がいないのならば、どうか私を助けて下さい。

音羽《おとばね》　楓花《ふうか》——

私立未来世紀大学・夢科学研究所様

そのメールが送られてきたのは、ヲタ森がサイトに募集をかけた翌日だった。

夢科学研究所で最初にメールを読んだあかねは、

「き、き、来ました、教授、すごいヤツっ！」

と大声で叫んでしまった。まさか本当に、こんなメールが来るとは思ってもいなかったのだ。

「すごく具体的に書かれています。これは怖いですよ。こんな夢をしょっちゅう見たら、私ならもう、眠るのやめます」

なになに、どうした？　と、即座に二人が飛んでくることを期待したのに、フロイトもヲタ森も席から動かず、それぞれのモニターをサイトにつないで確認を始めた。

仕方がないのであかねが立って、離れた場所にいる二人の背中を交互に眺める。

「やべえ……来ちゃったって感じですかね？」

ヲタ森が言うと、フロイトは「うん」と、頷いた。

「悪夢の内容が、かなり詳しく書かれているね。ディテールが細かいから可視化できるんじゃないのかな?」

「できそうですね。先ずは廃墟のモデリングベース。あとはディテールを加えていけば……」

「どのくらいかかる?」

「モデリングベースは三十分で用意できます。ただの四角い箱だから」

「なら、可視化に協力してもらえるか、ぼくのほうで投稿者に確認しよう。ある程度の準備を進めておけば、その場で細部を詰められるだろう」

今度は頭の上でなく、あかねの前を二人の会話が交錯していく。あかねはほっぺたを膨らませた。

「よく見つけたとか、すごいなとか、私に何かないんですか?」

「よく見つけたね」フロイトは振り向いて笑い、

「すごいな」ヲタ森は背中で言った。

「ていうか、二人の話がまったく理解できません。私、ここのスタッフですよね?」

「まだスタッフじゃないだろ? ただの見習い。お手伝いさん」

高速でキーボードを操るヲタ森の背中を、蹴り飛ばしてやろうかとあかねは思った。

「いや、すまない。少し興奮してしまってね」

フロイトが謝ったので、あかねはヲタ森を許してやることにした。

「このメールはとても興味深いよ。実はヲタ森の事前調査で、二名から三名の投稿者が同じ夢を見たと証言していることがわかっているんだ。もちろん直接のコンタクトはないけど、オカルト板の噂話の域を出ない情報には、アクセスしようもなくってね。でも、音羽さんという投稿者のメールは詳細だから、これを可視化してサイトに載せれば、同じ夢を見ている人たちから何らかの反応があると思うんだ」

「オカルト板で宣伝するってことですか？」

フロイトは薄く笑った。

「噂の夢が見られるサイトがあると書き込めば、それでオッケーだ。本当に同じ夢に悩んでいる人がいるなら、オカルト板ではなく、うちのサイトにコンタクトしてくるはずだから」

なーるほど。と、思いながらも、大学の研究室でやっている作業がネットと密接につながっていることに、あかねは複雑な気持ちがした。

それからわずか三十分後。ヲタ森が作ったというデータで、研究室の大型機械が動きはじめた。カバーの中で音がして、何かがしきりに動いている。そこからさらに数十分。フロイトはカバーを開けて、白い箱のようなものを取り出した。テーブルに載せてヲタ森を呼ぶ。

「できたぞ。廃墟の三次元立体だ」

ヲタ森はテーブルに寄って来た。

「なんですか？　それ」

と、あかね。フロイトはメガネを外して白衣で拭いた。

「投稿者が見た夢を可視化するための、モデリングベースだよ」

蓋なしの白い箱は、内部が三層に分かれている。中央部分が最も狭く、どん詰まりまで貫通していて、仕切られた壁の左右に長方形の穴がある。夢の中で音羽楓花が逃げ込む廃墟の模型だとフロイトは言う。

「どれどれ」

と、言いながら、ヲタ森は先端にライトが付いた細長いコードを箱に差し込んだ。

「覚えとけ。これをモデリングベースというんだよ」

「モデ……なに？」

「いいから見ていてごらん」

フロイトが顎をしゃくった先はヲタ森のモニターで、真っ白な箱の内部が映っていた。どうやらヲタ森が手にしていたのは、小型のカメラだったらしい。

「あ」

あかねは目を輝かせた。カメラ目線だと箱が建物に見えてくる。中央の層が細長い廊下で、左右にいくつも部屋がある。ヲタ森のカメラは真っ白な廊下を進み、そして突然ライトを切った。

「オッケーですね。あとは細かい部品ですが……投稿者は、いつここへ？」

「ヲタ森次第だ。メールしたら、彼女は協力に前向きだったよ」

「俺のほうは今夜中に準備しますよ」

「そうか。悪いな」

と、フロイトは言って、あかねのほうへ向き直った。

「先ずは投稿者をここへ呼び、夢を可視化して悪夢の原因を探ろうと思う。夢は本人しか見られないから、ぼくらも同じ夢を見てみないことには相談にのりようがないからね」

「同じ夢を見るんですか？　教授も、私も？」

「そうだよ。映像化したレンゲちゃんの夢を見たようにね。ヲタ森が三次元に起こしてくれるから、今のところは大雑把な舞台だけ準備して、あとは本人の話を聞きながら細部を詰めて近づけていく。その作業を見られるよ」

あかねは、やや尊敬の眼差《まなざ》しをヲタ森に向けた。ヲタ森は自慢げに鼻の穴を膨らませている。

「投稿者は音羽楓花さんという二十四歳の女性。悪夢はいつも同じで、細部もはっきりしているね。こうした夢は潜在記憶が関係している場合があって、心的要因を探り出すことで改善できるかもしれないんだ。逆に言えば、彼女が抱えているストレスを表面化できるかも」

「潜在……しん……？　難しくって、よくわかりません。ていうか、彼女をここへ呼んだら、どんなことが始まるんですか？」

テーブルに載せた箱に手を置いて、フロイトは続ける。

「この箱は、夢に出てくる廃墟の大まかなモデルだ」

その先をヲタ森が引き継いだ。

「これを土台にしてCGを合成するのよ。パーツを加工したら、あとは建物にマッピングして、仮想現実、つまりVRを制作する。彼女の夢に入れるぞ」

「パーツを……まっピングー？　何が何だか」

あかねが首を傾げると、ヲタ森は、

「ったくぅ……」

と吐き捨てて、パソコンに向かった。

「簡単に説明するから、よく見てな。パーツというのは部品のこと。廃墟は壁がレンガか、クロスか、板塀か……って、いろいろあるだろ？　レンガならレンガ、板なら板をデータにしたものがパーツで、それをこうして……」

ヲタ森がマウスを動かすと、真っ白な箱の内部に床や壁が貼り付いた。側面の穴に窓枠が付き、窓の奥には森まで見える。

「すごい」

あかねが本気のため息をつくと、ようやくヲタ森はニヤリと笑った。こんな程度ですごいと言ってもらっちゃ困るねと、どや顔が語っている。彼はあかねに、ごついバイザーを突き出した。

「かけてごらん」

と、フロイトが言う。バイザーを掛けたとたん、あかねは廃墟の中にいた。立っているのは廃墟の廊下で、細長い廊下が奥へ向かって延びている。

「ひえぇぇぇえ」

あかねは変な声を出した。

「歩いてみ、歩けるから」

ヲタ森に言われて歩いてみると、左右の部屋の内部が見えた。がらんどうの空間には箱のような物体がある。荒削りながら、椅子のシルエットにも見える。

「箱がある」

「わかってる。彼女の夢に出る椅子のモデリングベースね。データ作成の舞台裏は見せたくないものだけど、城崎があまりにもわかってないから特別だ」

ヲタ森の言うとおり、現実空間とはまだ程遠い世界だが、そこへ立ち入った感覚にはなる。ぐるり体を回してみると、模造廃墟の内部も回る。あかねが後ろを振り向いたとき、模造廃墟の入口に何か巨大で禍々《まがまが》しいものが、うねるアメーバーのように立ち塞がっていた。

「ぎゃああ！」

思わず飛び上がって、誰かに脇を抱えられた。

素早くバイザーが外されたとき、あかねは夢科学研究所の室内にいた。

「ひとまずは、成功かな」

と、フロイトが笑い、

「ふざけんなよ。バイザーだけで幾ら万円すると思ってんだ」

と、ヲタ森は怒った。あかねが振り落としそうになったバイザーを胸に抱き、シャツの裾で丁寧に磨く。

「城崎は驚きすぎ。バーチャルだって言ったでしょうが」

そう言われても、あかねのほうは冗談でなく心臓がバクバク躍っていた。たった今まで仮想現実の中にいたのだ。それなのに、黒いオバケのようなものを後ろに出現させるなんて。

「あれ見て驚かない人がいるんですか？　ヲタ森さんは意地悪です」

「別に俺は意地悪じゃないぞ。投稿者が見る夢を再現しようとしているだけだろうが」

「それは確かにそうだけど……」

　あかねは静かに考えた。

「その人、こんな夢を繰り返し見ているんですか？　たった独りで？」

「当たり前だろ。夢なんだから」

「かわいそうですね」

　本心から言うと、ヲタ森は呆気《あっけ》にとられて首を竦め、それから「ふふっ」と小さく笑った。

「俺、城崎とはどっかで会ったような気がしてたんだけど、その理由が今、わかったわ」

　鼻の穴を膨らませながら、人差し指をあかねに向ける。

「ペコちゃんだ！　城崎のどでかい目と、ピンクのほっぺた、不二家のペコちゃんそっくりなんだ」

　フロイトは「ぷ」と、吹き出した。

「よって、今日から城崎を『ペコ』と命名する」

「え。って、やですよ。なに言ってるんですか、そのあだ名、微妙にトラウマなんですけど」

「つまり、そう呼ばれていたことがある？」

フロイトに訊かれると、あかねは恨めしそうに頷いた。

「作業に戻るぞ、ペコ」

すでに背中を向けたヲタ森に、「べーっ」と、舌を突き出しながら。


早くも翌日の午後に音羽楓花はやって来た。

ヲタ森に命令されて、あかねは大学の正門まで彼女を迎えに行かされた。夢科学研究所へ通い始めたとたん、ことあるごとに呼び出され、用事を言いつけられるようになったのだ。図書館で参考書をまとめているのにチキンラーメンの買い出しを命じられたときは、さすがのあかねもブチ切れたが、今回は悪夢に悩む被験者に同情していたこともあり、進んで出迎え役を引き受けた。

予算の乏しい研究室では、フロイトが着る白衣以外は一着の白衣を持ち回りで使うほかはない。幸いヲタ森は白衣を着ないので、今日はあかねが白衣を着て正門で待っていると、ゆるやかにウェーブした長い黒髪の美女が、「あの……もしかして……」と、声を掛けてきた。会釈すると美女は、「夢科学研究所の方ですか？」と訊く。

細身で、黒いブラウスにデニムパンツ、白いスニーカーを履いていた。クッキリとした目鼻立ちで顔が小さく、シンプルな服装にも拘《かか》わらずオーラが光る若い女性だ。女優さんみたい。と、あかねは思い、どうして神様は、こんな美人と、そうでない普通の女の子を創るのだろうと考えた。どっちも美人に創ってくれたら、私だって毎朝鏡の前でため息をつかなくてすむのに。

「音羽楓花さんですね？　私、夢科学研究所の城崎です」

頭を下げると、楓花はニコリともせずに頷いた。

「メールした音羽です。今日はよろしくお願いします」

じゃ、行きましょうかと歩き出しながら、ちょっとした不安が湧いてきた。

未来世紀大学の正門はキャンパス同様に素晴らしい。左右からせり出す高い塀《へい》には金色の文字で大学名が刻まれているし、バスが悠々通れる程の広い道路がアプローチとなって延びている。その奥にはロータリーがあって、手入れの行き届いた植栽の上に十二階建ての研究棟がそびえ立ち、奥には広大な庭園が広がって、趣向を凝らした建物が点在している。

しかし、あかねが楓花を伴う夢科学研究所は、庭園から外れたジャングルにあるプレハブ小屋で、ブルーシートが張ってあり、今日もヲタ森のパンツと靴下が干してある。靴下は緑色。パンツは黄色地にショッキングピンクのハート柄だ。楓花の右側に立って歩けば視界からパンツを隠せるだろうかとあかねは悩み、それ以前に楓花がジャングルを見たら萎えるだろうと、そっちのほうが心配になった。

「あのう……」

あかねは恐る恐る楓花に言った。

「夢科学研究所についてなんですが、その……けっこう個性的な外観をしているので……なんというか……驚かないでくださいね？」

言われたことの意味がわからないというように、歩きながら楓花は小首を傾げる。

「ええと。つまり。あの。大学の施設ではあるんですけど、構内の外れにあるっていうか……藪の中にあるっていうか……ただのプレハブ小屋っていうか……」

「ああ。できたての施設なんですね？」

「そ、そう。そうです。実はそうなんです」

そんなふうに受け止めてくれるなんて、なんていい人なんだと感動しながら、二度頷いた。

「出来たてで、予算も乏しくて、その、設備も充実していないというか」

「全然大丈夫です。私は悪夢の謎を解いて欲しいだけなので」

俯き加減の顔にかかる黒髪が楓花を余計ミステリアスに見せていて、美人はどこまでも得だと思う。元来あかねはお喋りなのに、楓花とはなぜか会話が弾まず、気まずい間が空いていく。バラ園の前も通ったのだが、今日に限って学長もいない。大学の学長が庭師の真似事《まねごと》をしているなんて、いい話題だと思ったのに残念だ。仕方なくあかねは楓花と回廊を渡り、藪の手前で足を止めた。

「えー、と、あのう……」

先ずはコホンと咳払いする。

「実はですね。夢科学研究室はこの奥にあるんですけど。音羽さん、藪は大丈夫ですか？　その、蜘蛛とか、毛虫とか」

虫と聞いて、いやな顔をするかと思ったが、楓花は表情を変えなかった。

「平気です。どちらかというと、街より山のほうが好きで、落ち着くので」

「え、意外ー」

あかねはたちまち安堵《あんど》した。

「音羽さんは美人で都会的だから、森は苦手かと思っていました」

すると楓花は少しだけ笑った。

「そんなこと全然ありません。子供の頃、こういう森で遊んだ記憶があるんです。アケビを取ったり、ウマズイコに塩を振っておやつ代わりにしたり」

「ウマズイコって？　なんですか？」

今度はしっかり微笑んでから、

「ウマズイコは雑草です。太めの茎を選んで、折って、かじってみると酸っぱいの。

よく目にしているはずだけど、普段は気にも留めないような草だから」

　と、楓花は言った。

「美味しいんですか？　それ」

「美味しくはないけど、自給自足のおやつというか、大きい子から教わって、面白がって食べたって感じかな」

「大きい兄姉がいるんですね」

「そうじゃないんです。私は独りっ子で……」

　楓花はそこで言葉を切ると、

「城崎さんは、幼い頃の記憶って何歳頃まで遡れます？」

　と、突然あかねに訊いて来た。

「え？　胎児の頃の記憶とか、そういうことですか？」

「たまにありますよね？　お母さんのおへその穴から外を見ていた記憶があるって話をSNSに上げていたり。でも、そういうことじゃないんです。私の最も古い記憶が、『お兄ちゃん』の背中なんです。私はおんぶされているんですけど、他のお兄ちゃんの声がして、『大丈夫？　死んでいるんじゃないよね？』って」

　あかねは楓花の話に引き込まれ、思わずその場に立ち止まった。

「私がぐっすり寝込んでしまったから、心配になったみたいなの。それで、お兄ちゃんは手を出して、こう、呼吸を確かめて来るんです。私の方は、本当はもう目が覚めているんだけど、背中にいるのが気持ちよくて、心配してもらったのも嬉しくて、タヌキ寝入りをするんです。それが一番古い私の記憶。大切な、とても大切な記憶なんです。その記憶があったから……」

その先を言う代わりに、楓花がまた微笑んだので、あかねもなんだか嬉しくなった。

「いいなー。私は独りっ子だから、そういうの、経験がなくって」

「私も独りっ子なの。だから、そのお兄ちゃんたちが誰だったのか、ずっと知りたいと思ってるんです。近所の子だったのかなあ。いつも大勢で遊んでいた記憶があるんですけど、本当に小さな頃だったので」

草藪が平気なようなので、あかねは楓花を連れて獣道へ入った。途中に立っているみすぼらしい看板は体で隠して、先へ行かせる。気取った美人だと思っていた楓花に親近感が湧いていた。

「あぁ……なんか懐かしい。この感じ」

ヤブヤブの梢のせいで光も入ってこない暗い森を見渡して楓花は言った。

「楓花さんは東京の人ですか？　奥多摩とか」

「いいえ。生まれも育ちも埼玉です。でも私は埼玉のほうが好きなんです。埼玉は東京に比べて田舎でしょ？　自然も多いし」

「ほんと、たしかに」

そんな話をしているうちに、プレハブ小屋が見えて来た。

「なんと、そこが研究室なんですよ」

楓花は不思議そうにブルーシートを眺めていたが、とりあえずヲタ森はパンツを取り込んでくれたようで、ド派手なトランクスは消えていた。心底ホッとしながら、あかねはドアをノックした。

「城崎です。音羽楓花さんを連れてきました」

「どうぞ。入って」

返事をしたのはフロイトで、あかねは楓花を先に入れ、自分も入って素早く閉めた。

「連れてきました、じゃなくて、お連れしましただろうが、普通は」

ヲタ森は眉根を寄せたが、今日は素早く入室したのでヤブ蚊は入って来なかったはずだ。

殺風景でカーテンすらない室内を見ても、楓花はやはり表情を変えなかった。

フロイトが先ず自己紹介して、彼女を椅子に座らせた。ヲタ森は自己紹介もせず、立ち上がって頭を下げただけだった。室内には給湯設備があるので、お茶を淹《い》れようと思えばできるのだが、シンクがヲタ森の風呂代わりになっていることもあり、あかねはシンクに近寄らない。よって、おもてなしのお茶はなく、楓花はただ淡々とフロイトの質問に答えはじめた。ヲタ森は再現映像とVRの準備を進めているので、あかねは楓花の脇に立ったまま、フロイトと楓花の会話を聞いていた。彼女がくれたメールには悪夢の様子が詳細に書かれていたので、事前に相応の準備ができたと説明している。

「では、ここからは少し具体的なことを聞かせて下さい」

パソコンを操作しながらフロイトが訊く。画面を自分に向けているので、あかねの位置からモニターは見えない。キーを打ちながら時々楓花を窺《うかが》うフロイトの視線は、患者を診療している医者のようだ。分厚いロイドメガネには、度が入っているのかいないのか、あかねは最近そんなことが気になっている。

「悪夢を見始めたのはいつ頃からか、覚えていますか？」

楓花は宙に目を向けて、ゆっくり首を傾けた。

「昔から見ていたような気もします。でも、間断なく見るようになったのは、ここ一年くらいです」

「昔って何時《いつ》くらいだろう。物心ついてから？　幼稚園とか？　小学校？」

「小学生くらいかもしれません。小学校の六年生くらい？　それより前は記憶が曖昧で」

フロイトはパソコンのキーを打つ。

「では、間断なく悪夢を見るようになったという数ヶ月前ですが、その頃、環境に変化はありましたか？」

楓花はまた首を傾げた。

「いいえ。特には」

「そうですか」

それからフロイトは、悪夢を見て一年前に死亡したという会社員について質問した。

「ときに音羽さんは、田村《たむら》純一さんという男性をご存じないですか？　現在二十八歳になる、栃木在住の会社員ですが」

死亡したことは伏せてそう聞くと、楓花は少し考えてから、

「存じ上げません。栃木に行ったこともないし」

と、ハッキリ答えた。

さらに楓花の日常などについて質問してから、フロイトは顔を上げた。

「実は、音羽さんに見てほしいものがあるのですが」

その言葉でヲタ森が立ち上がる。今日は抹茶色のポロシャツにベージュのパンツを穿《は》いている。色彩が和菓子っぽいので草団子に敷いたきな粉のようだ。そのくせパンツは極彩色で、黄色にピンクのハート柄とか緑に赤い唇が並ぶトランクスとか、意味

不明のセンスをしている。

あかねの考えを知る由もなく、ヲタ森は飄々《ひょうひょう》と準備を進める。モニターの一つを楓花に向けると、脇にVR用のバイザーを置いた。

フロイトは自分のパソコンから目を離し、真っ直ぐ楓花を見て言った。鼈甲《べっこう》色のメガネの奥から、澄んだ瞳が誠実そうに迫ってくる。その瞳には、あかねのほうがドギマギしてきた。

「はじめに言っておきますが、いたずらに怖い思いをさせようとしているわけではないことを、知っておいて下さい」

「はい」

楓花が頷くと、フロイトはニコリと白い歯を見せた。

「音羽さんから頂いたメールを元に、悪夢の再現映像を作ってみました。冒頭の、逃げていくシーンを省き、主に廃墟の部分です」

脇から見下ろすあかねの前で、楓花の肩が緊張する。楓花は膝に揃えた手を重ね、

「はい」

と、再びフロイトに答えた。

「今のところは、ごく簡素な情報しか反映されていないのですが。長い廊下や、床に積もる砂、斜めになった肘掛け椅子や、天井から垂れ下がる……たぶんこれは壁紙か、

剝げたペンキだと思います。あとは傾いた額と、ガラスが割れた窓など、ザックリした仕上がりです」

「はい」

「なぜそれを映像化するかというと、ぼくらも音羽さんの視点に立って同じ悪夢を見るためです」

楓花は驚いたように顔を上げた。

「ぼくらと音羽さんと四人で一緒に、悪夢に出てくる廃墟を探ってみたいと思います。もしも怖くて厭《いや》ならば、無理にとは言いません。他のやり方を模索します」

楓花の胸が上下した。緊張で息を吸い込んだのだと、あかねは思った。

「いえ……」戸惑うように言って少し間を置き、「拝見します」と、楓花は答えた。

フロイトがヲタ森に目配せする。

「んじゃ、細部を補完したいから、モニターを見てくれますか」

そう言うと、ヲタ森はモニターのスリープを解除した。楓花が振り向くと、そこからはフロイトではなく彼が続ける。あかねは楓花が見やすいように、彼女の椅子をモニターのほうへ回した。

「試作段階なので、音声はつけてないです。メールから想定した範囲の映像を、ざっと構築しただけの状態ね。最初に確認しますけど」

ヲタ森はマウスを握って楓花を見た。

「夢に出てくる椅子と、額についてです。これから複数の画像を見せるんで、夢で見るのと近い椅子があったら教えて下さい」

ヲタ森が何をしようとしているのか、楓花はもちろん、あかねにもよくわからない。けれどモニターに数種類の椅子が呼び出されると、楓花は身を乗り出した。

「この中に、夢の椅子と近いものがありますか？　そっくりじゃなくてもいいから、近いのが」

「ありません。夢の椅子はもっとこう……四角くて、シンプルで」

「肘掛けがあるんでしたよね」

「そうです」

「素材は木ですか？」

「木です。普通の。茶色の。背もたれが木枠で、肘掛けも木で、座面は」

「なら、こっちの感じはどうですか」

画面が切り替わると、

「あっ」

と、楓花が小さく言った。

彼女は立ってモニターの前へ行き、画像のひとつを指さした。

「似ています……細部はともかく、シルエットがとても」

「それでオッケーです。夢に細部が再現されるのは稀なんで」

ヲタ森は楓花が指した椅子をピックアップして、その三次元データを呼び出した。マウスを動かすと、椅子は三百六十度どの方向にも回転する。

「これ、一九二〇年代にイギリスで製造された量産品ね。日本へは大正時代に輸入されて、国内でも似たものが造られた。オーソドックスなデザインだし、座面が張り替え式だから現存するものも結構多い。夢で見た椅子に、色は付いていましたか？　本体は木の色だとしても、座面とかは？」

「臙脂《えんじ》です」

と、楓花はハッキリ答えた。ヲタ森は座面を臙脂に塗ってから、

「夢だから、このくらいかな」

と、彩度を落とした。椅子はたちまち百年を経過したような仕上がりに化けた。

「次は額について伺います。傾いて壁に掛かったヤツですが」

ヲタ森は額の画像を呼び出した。夢で見た椅子や額だというのに、しばらくすると楓花はまた、複数の画像の中から、迷わず一枚を選び出した。

「ふーん。こっちも大正から昭和初期に流行《はや》ったタイプだなあ。ゴテゴテと無駄に豪華な……」

ブツブツ言いながら、ヲタ森は額の立体データを呼び出して白く塗った。

「額には絵が入っていたと思うのですが、どんな絵だったか覚えていますか？」

今度はフロイトが訊いてきた。楓花は首をひねりながら、

「覚えていません。絵があるのは確かなんですが」

と、静かに言った。

「廃墟にあるのは傾いた額と、下半分が砂に埋まった肘掛け椅子だけ。オッケーですか？」

ヲタ森が念を押す。楓花は頭の奥で風景を眺めるような目をしてから、

「覚えているのはそれだけなんです。あとは窓ガラスが割れていたことと、蔦が絡みついていたことぐらい……夢の中では『あれ』に追われているので、落ち着いて周囲を見る間もなくて、ただ絶望感と、恐怖と、焦りと……」

「ＭＵＤ　ＭＯＬＡＮ」

と、フロイトが言う。

「仮にですが、音羽さんの夢に出てくる怪物を、そう名付けましょうか」

「狂ったモラン？　って、なんですかそれ？」

楓花よりも早くあかねが訊く。

「バーカ。ＭＡＤじゃなくてＭＵＤ。『狂った』じゃなくて『泥』の意味だろうが普

通」

鬼の首を取ったようにヲタ森が言うので、あかねは下唇を突き出した。

「モランはトーベ・ヤンソンの『ムーミン童話』に出てくる怪物の名前です。英語でグローク、フィンランド語でメルコ、スウェーデン語でモラーン、日本ではモランと呼ばれています。憂鬱という意味を持つそうですよ」

「おさびし山の雪女のことですね？　ため息で周囲を凍らせる」

楓花が言うと、フロイトは頷いた。

「たしかに雰囲気は似ているかもしれません。夢の中で、『あれ』の姿を見たことはないんですけれど、追いかけられているときは、耳元でため息のような音がして……」

「マッド・モランの姿が再現できたら、悪夢のヒントがつかめるかもしれませんね」

「準備できました」

ヲタ森が振り向いたので、楓花とあかねとフロイトは、パソコンを操作する彼の背後に並んだ。

「映像は廃墟に入るところから。夢との相違に気付いたら教えて。直すから」

「はい」

答える楓花の顔が緊張でひきつっているので、あかねは思わずそばへ寄った。

「楓花さん。映像を見るの、怖いですか？　でも大丈夫。これは本物の悪夢じゃないし、私たちがそばにいますから」

「ありがとう」

あかねは不安げな楓花の手をそっと握った。

「ヲタ森さん、やって下さい」

「ペコのくせに指図すんなよ」

ブツクサ言いながらも、ヲタ森は素直に映像をスタートさせた。

モニターに森の廃墟が映る。

昨日までは白い箱に窓が合成されただけの映像だったが、今日のそれは全く違う仕上がりになっていた。浮かび上がったのはドアのない入口で、白い壁にシミやカビが浮き上がり、間口の厚みも奥行きも、本物かと思うほどのリアルさに仕上がっている。

画面は入口に立つ人物の視点から映し出されて、自分がその場にいると錯覚させられるほどだった。

「待って下さい」

あかねと手をつないだまま、いきなり楓花が声を上げた。

「入口が違います。ドアが……入口には、壊れたドアがあるんです」

「そうだった。ドアね。はいはい」

ヲタ森は古びたドアを呼び出した。分厚い木製で、小さな窓がついている。

「そのドアどうしたんですか」

あかねが訊くと、ヲタ森は廃墟の入口にドアを配置しながら、

「俺が選んだ。肘掛け椅子も額も、大正から昭和初期くらいのデザインだから、当時のオーソドックスなものから別荘用の玄関ドアをセレクトしたんだ」

「とてもイメージに近いです」

空きっぱなしで廊下が丸見えだった入口にドアをはめると、楓花はまた、

「ドアは、外れて地面に落ちていたような気がします」と、言った。

「こうやって画像で確認すると、細部の違いがわかりますね。夢の中だと、私はドアの隙間から中へ入っていくの」

ヲタ森はドアを倒し、小さな窓にヒビまで入れた。塗装を荒らすなどディテールを詰めると、楓花はあかねの手をぎゅっと握った。映像が悪夢に近づいているのだ。

「これでいいすか？」

「はい」

ヲタ森は映像を動かした。視点の主はドアの隙間へ潜り込み、廃墟の中へ入っていく。そこはもはや箱ではなくて、剝げたクロスが天井から下がり、壁にシミが浮き、床に砂が降り積もった空間だった。

「違います」

と、また楓花が言った。ヲタ森は映像を止めた。

「どこが？」

つないだ楓花の手に力が入る。あかねは励ますように握り返した。

「床です。私……ずっと砂だと思っていたけど、床の感じが、なにか……ちょっと
……」

「ヲタ森。砂を土に変えてみてくれないか」

フロイトに言われて、ヲタ森は画像に手を加えた。

「砂と土ではそもそも組成が違うから、盛り上がり方に差ができるのよ、っと、こんな感じかな。どう？」

ゆるやかな稜線《りょうせん》を描いていた床の砂が砕石を含んだ土に変わると、楓花は小さく、

「もっとこう……水っぽい感じというか」

と、つぶやいた。

「ヲタ森。泥だ」

「へいへい。まったく」

不満げに首を竦《すく》めながらも、ヲタ森の目は輝いてきた。嬉々《きき》としてパソコンを操ると、たちまち土を泥に変えた。楓花がそっと息を呑む。

「よさそうだね。じゃ、先へ行こう」

視点の主は泥だらけの廊下を進む。斜めになった額が壁にあり、左右にドアのない部屋が並んでいる。ヲタ森がそれぞれの部屋にも壊れたドアを追加したことで、廃墟はさらに臨場感を増していた。ある部屋のドアは内側に開かれ、ある部屋のドアは壊れて室内に落ちている。楓花が選んだ肘掛け椅子も、泥に埋もれて置かれていた。椅子しかない部屋の奥にはガラスが割れた窓があり、青い森が透けて見え、森が伸ばした触手のように、窓枠に蔦が絡みつく。

「ああ……すごい……」

楓花は手に汗をかいていた。

「すごいです……なんか……あの夢をまた見ているみたい……」

「音羽さんの夢に近いですか？」

フロイトが訊くと、楓花はモニターを見つめたままで、また微《かす》かに首をひねった。

「大まかなイメージはとても近いけど……どこか、細部がまだ違うみたいです」

「どこが？」

「わかりません」

ヲタ森はチッと舌打ちをした。

「音を合成すれば、もっと臨場感が増すんだけどな」

自分の再現能力をひけらかしたくて仕方がないのだ。

「それはもう少し待とう、ヲタ森。慎重に」

フロイトはヲタ森を牽制《けんせい》しながら、楓花に再び椅子を勧めた。

「マッド・モランが吐く息も、音声に作ってはあるんです。ただ、全体を仕上げる前に細部を詰めておかないと、聴覚に視覚が引っ張られてしまって正確に再現できない恐れがあるから。おそらくだけど、音羽さんは夢の中で、同時進行的に様々なものを見ているはずです。それらを脳が整理して、潜在記憶に隠している可能性があるかもしれないし」

「潜在記憶？」

「そうです」

と、フロイトは頷いた。

「たとえば傾いた額に描かれた絵。たとえば椅子以外のさまざまなもの。入口にあったドアの様子を思い出したように、廃墟で目にした細部についても記憶している可能性があるのです」

「でも、これは夢でしょう？」

「たかが夢、されど夢。先ほど話をさせて頂いて気になったのですが。音羽さんが悪夢を見始めたという小学生の頃、新潟で中越地震が起きています。そのことを覚えていますか？」

楓花はようやく、あかねとつないだ手を放した。

「覚えています。小学校で空き缶を集めて、被災地へ募金を送りました」

フロイトは頷いた。

「当時、音羽さんは小学校から中学校へ、環境の切り替え時期でもありました。そのことも、悪夢に微妙な影響を与えているのかもしれない。悪夢の砂が実は泥であったということも、ぼく的には興味深いです。なぜなら中越地震の時には山古志《やまこし》村に地震湖ができて、汚泥が家屋を押し流す映像が繰り返し放映されていたからです」

「ニュース映像が悪夢の元だというんですか？」

「そうは言っていません。でも、きっかけになったかもしれない。熊本地震や九州豪雨など、ここ一、二年は災害が多かったですね。音羽さんが間断なく悪夢にうなされるようになった頃と、ほぼ合致していませんか？」

「マッド・モランの正体は、自然災害のニュースですか？」

「そう単純な構造ではないとしても、関係はあるかもしれません」

フロイトは手を伸ばし、ヲタ森からＶＲのバイザーを受け取った。なぜか今日は二つある。

「映像の中へ入って行くこともできるんですが、どうします？」

楓花が身じろいだので、あかねは彼女に同情した。悪夢だけでも怖いのに、現実にそこへ行けると聞いて、はいそうですかと喜ぶ人間はいないと思う。楽しい夢ならいざ知らず。

「もちろん独りではなくて、助手がお供しますけど」と、あかねを見る。

「ウソ、私？」

あかねは自分を指した。フロイトがニコリと笑う。

「なんで私なんですか」

「俺は操作しなきゃならないし、フロイトは状態を確認しなきゃならないんだから、当然だろ」

黒いブラウスに黒い髪、細面でミステリアスな雰囲気を持つ音羽楓花は、戸惑いの目をあかねに向けた。心細げな目を見たとたん、あかねは、小学校の帰り道に、ダンボール箱の中でかぼそい鳴き声をあげていた捨て猫のことを思い出した。こんな目を見たらだれだって、放っておけない。それにVRはただの仮想現実で、本物のオバケがいるわけじゃない。

「い、いいですとも。もちろん私が一緒に行きます」

あかねが楓花に向けて胸を叩くと、

「はい、それじゃバイザー着けて」

間髪入れずにヲタ森が言う。

あんたの辞書には優しさという文字がないのかいっ、と思ってあかねは睨んだが、ヲタ森はフロイトからバイザーを取り上げて、あかねの胸に押しつけてきた。ため息交じりに装着すると真っ暗で、廃墟も、森も、なにもない。

「準備がよければスタートするけど」

「さっさとやってくれませんか？　真っ暗で何も見えないし」

声のするほうへ文句を言った。ゴーサイン代わりにフロイトが頷いたかもしれないが、それすら見えない。頭の裏側で電子音を聞いたような気がしていると、視界は徐々に明るくなった。


気付けば森の中だった。生い茂る木々が空を隠して、何時頃かわからない。木々は黒く、霧がかかって、夕方か早朝のようにも思える。草が膝のあたりまで茂った奥が林になって、首を回すとバイザーを着けた楓花が隣に見えた。向こうもこちらを認識できるようで、目が（正確にはバイザーが）合うと微かに笑う。あかねは再び楓花の手を取った。

「ハローハロー、互いが認識できているよね？」

ヲタ森の声が言う。声だけで、楓花以外の人物は見えない。

「これ、どうなっているんですか？」

不安そうに楓花が訊《たず》ねる。するとフロイトの声が答えた。

「音羽さんとあかね君は今、仮想空間にいるのです。見えているのはCGで、動けば視界も変わります。バイザーを着けている者同士が認識し合える設定ですね。近くに廃墟が見えますか？」

手をつないだまま、二人はそれぞれ首を回した。草地の奥にぼんやりと薄汚れた壁が浮かんでいて、ドアの壊れた入口だけがやけにはっきり確認できる。肉眼で見る景色とは違い、スポット部分のみ鮮明な映像が、夢を思わせる。

「廃墟が見えます。夢で見るのと……とても近いわ」

楓花が言った。

「ディテールをぼかしてるからね。不鮮明な部分を想像力が補完して、夢の中のように見えるってわけ。んじゃ、さっき同様、気付いたことがあれば教えて。直すから」

「私たちはどうすれば？」

「廃墟へ入ってみてください。先ずは夢で見る通りに動いてから、夢では行かない場所へも行ってみる。それによって判断したいことがあります」

楓花はあかねを振り向いた。握り合う手に力をこめて、肝試しに向かう子供のように、あかねと楓花は歩き始めた。足裏にあるのはリノリウムの床なのに、踏み込むと分かれる草の動きがあまりにもリアルで、本当に森を歩いている気分になる。心なしか木々の匂いもするようだ。

廃墟の入口は地面よりも若干高い。壊れたドアが斜めに入口を塞いでいるので、あかねが先に隙間をくぐり、後から来る楓花の手を引いた。内部には細長い廊下があって、前日に入ったときはもっと殺風景だった気がするが、今は床面を泥が覆って、壁に泥跳ねのシミがあり、天井は下地が見えて、その斑模様に生理的嫌悪感を感じるほどだ。無数に並ぶドアに光が射して、廊下に影が落ちている。傾いた額の前で足を止め、楓花が、

「やっぱり絵があったと思います。なんの絵か、わからないけど」

首を傾げながらそう言うと、

「オッケー」

と、ヲタ森の声がして、額の中におぼろな色彩が浮かび上がった。

「うわ、すっご……」

あかねは素直に感動した。具体的な造形は見えないものの、絵があることは想像できる。見る者によって別の絵が浮かぶ色彩配置だ。

「静物画、人物画、風景画、抽象画。一般的な絵画を複数重ねて色だけ抽出したものね。絵がありそうだということだけわかればいいいから。んじゃ、もうちょっと先へ進

んで」

どう動けばいいのかわからずに、あかねは楓花の動きを待った。

今度は楓花があかねの手を引いて、一歩、二歩と廊下を進む。両脇の部屋が迫ってきて、室内が見える。右手の部屋には何もない。夢の中で楓花が見るのは左の部屋で、一面が泥に覆われている。西洋風の窓はガラスが割れて、奥に森が見えている。桟に絡みつく蔦が室内まで侵入し、その下に、斜めになった肘掛け椅子が、半分泥に埋もれていた。

「ガランとした部屋ですね。カーテンもない……椅子しかない」

言いながら、あかねは気付いた。

握り合った楓花の手が、また少しだけ汗ばんできたのだ。バイザーで表情は見えないが、半開きになった唇が、微かに動いたようだった。

「楓花さん？　大丈夫ですか？」

楓花は消え入るような声でつぶやいた。

「……知ってる……ここ……」

「え？」

握っていない方の手を伸ばし、楓花は壁を指さした。

「壁紙……腰のあたりに二十センチ幅くらいのボーダーがある。壁紙はゴテゴテしたデザインで、薄緑色で、古びた感じの、縦縞模様だったと思う」

それに答えるヲタ森の声は聞こえなかったが、わずかすると室内に壁紙が貼られた。やはりハッキリ見えないが、複雑な縦縞模様であることと、薄いグリーンであることはわかる。殺風景だった室内が急激に現実味を増してきた。

その瞬間。楓花がガバリと後ろを振り返った。あかねもつられてそちらへ目をやる。廃墟にいるのは二人だけだが、昨日入口に立ちはだかっていたアメーバオバケが、まだいるのではないかと思ったのだ。

「マッド・モランは現れませんから、安心して」

フロイトが穏やかな声で言う。

「夢の中で音羽さんが移動するのは、そこまでですか?」

「そうです。大体この位置までで、振り向くと、あれが……」

あかねは励ますように楓花との間合いを詰めた。

「では、他の部屋へも入ってみますか」

フロイトに促されて楓花が歩き出すのを待ったが、楓花はまったく動かない。どうしたのかと見ていると、突然、楓花は口を開けて、

「……そうよ……」

と、言った。握った手から血の気が引いて、急速に体温が落ちていく。

「教授、楓花さんの様子が変です」

無人の空間に訴えると、壁が消えて森になり、森も消えて泥になり、泥も消えて床が現れ、やがて白々とした明かりだけになった。楓花のバイザーが宙に浮き、あかねの視界から彼女が消える。あかねのバイザーにも誰かが手を掛け、気が付くと、あかねは楓花と一緒に研究室に立っていた。

楓花の顔は真っ青だった。両肩に手を添えて椅子に座らせ、フロイトがひざまずいて脈を取りながら、

「深呼吸しましょうか」

と、優しく言った。楓花は深く息を吸ったが、心なしか、呼吸すら震えているようだった。

ヲタ森がコップに水を汲《く》んできた。楓花に渡すと、彼女はそれをひと口飲んだ。

「音羽さん？　気分はどうですか？」

「はい。もう大丈夫です」

まったく大丈夫そうにない声だ。俯いたままなので、長い黒髪が顔にかかって表情も見えない。

「楓花さん、どうしたの？　何があったの？」

床にしゃがんで見上げると、楓花は引きつった顔で微笑んだ。

「別に、なにも」

それから言葉を選ぶようにして、

「映像に酔ったというか……」

と、付け足した。

「マジか。ペコも酔った?」

ヲタ森が訊いたので、あかねは無言で頭を振った。

「本当にごめんなさい。寝不足で、体調があまりよくなくて」

「いえ。こちらこそ、結果を急ぎすぎたのかもしれません。許して下さい」

フロイトは脈を取っていた手を放してパソコンの前へ行き、キーを打ち込んでから
そう言った。

「時に、今見て頂いた画像ですが、こちらのサイトにアップしてもかまわないでしょうか」

楓花は無言で頷いた。コップの水をまた飲んで、瞬《まばた》きしてから立ち上がる。

「音羽さん」

と、フロイトはまた言った。

「今、あなたにメールを送りました。友人がやっているメンタルヘルスクリニックのホームページです。できれば一度、受診されるのがいいと思います」

「楓花さんはどこか悪いんですか？」

楓花の様子が心配すぎて、あかねが訊く。

「ただの悪夢とも思えない節がありますから。どうか一度。それも、なるべく早いうちに」

フロイトはメガネを外した。くっきりと引き締まった眉を寄せ、やや吊《つ》り上がった大きな目で、心配そうに楓花を見下ろす。ロイドメガネを外した彼は、知性が目を惹《ひ》く顔立ちだ。

「助手に正門まで送らせましょう。落ち着いてからでいいですので、もしも何かを思い出したり、気に掛かることがあったら、教えて下さい。メールでも、電話でもいいです」

そう言ってフロイトは楓花に名刺を渡した。楓花は無言でそれを受け取り、

「ありがとうございます」

と、つぶやいた。

「歩けそうですか？」

「ええ。もちろんです。大丈夫」

小さく言って立ち上がり、楓花はコップをテーブルに載せると、だれとも目を合わさずに頭だけ下げた。またあかねが付き添って、彼女と一緒に研究室を出る。森の中

を行くときも、構内の庭園を行くときも、楓花はさらに口数が少なくなって、逃げるように大学を出て行った。

研究室へ戻ると、フロイトとヲタ森が頭を寄せ合ってモニターを見ていた。

「楓花さんを送ってきました」

ヲタ森の後ろで背中を屈《かが》めるフロイトの、さらに後ろに立って声をかけると、

「ごくろうさま」

フロイトはこちらを見もせずそう言った。

「クリニックへは、明日行ってみますって。それにしても様子が変じゃありませんでしたか？　もしや楓花さんのVRにだけ、マッド・モランが入っていたとか、ないですよね？」

「んなことするわけないだろう」

ヲタ森がキッパリと言う。ならば楓花のあれはなんだろう。あかねは納得がいかなかった。

「二人で何をコソコソやっているんです？」

背中越しにのぞき込むと、小石が筋のようになった茶色の地面と、左右から突き出す草の映像が見えた。視点の主が走っているのか、映像は奇妙に乱れて、臨場感があ

る。

ふぅーう、ふぅーう、は、は、は。ふぅーう、ふぅーう、は、は、は。

不気味な音声まで合成されて、しかも、耳元で聞こえる気がする。

「なんですかこれ、気持ち悪い」

「音羽さんの悪夢の前半」

と、フロイトが言う。

「映像を完成させてサイトに上げることにしたんだ。事態は、けっこう深刻かもしれないからね」

「どういうことですか？」

フロイトはようやくあかねを振り向いた。残念なことに、もうメガネを掛けている。

「音羽さんの脈拍数が、異常だったんだよ。廃墟の夢に入り込んだとき」

「怖すぎてドキドキしてたってことですか？」

「多少はそれもあるとして、動物が臨戦態勢に入ったときと似ていたんだ。生き物は危機を感じると心拍数を上げて逃亡の準備をはじめる。怖さで胸がドキドキするのはそのせいだ」

「え……て、つまり、どういうことですか？」

「音羽さんは何かを見たんだ。ぼくはそう思っている」

「何かって？　マッド・モラン？」

「だから違うっつってんだろ、俺はバケモノを仕込んでないの。あのときは」

文句を言いつつモニターから目を逸《そ》らさないヲタ森の代わりに、フロイトが説明してくれた。

「そうではなくて、『潜在記憶が消し去った何か』だと思うんだよね」

「またそんな難しいことを……それはなんですか？」

「わからないから急いでんだろうが。とにかく映像を完成させて、悪夢の謎を解かないと」

「急がないと、どうなるんです？」

「最初の会社員の男性ね。十一階から飛び降りた……」

フロイトが全身をあかねに向けた。切羽詰まった目の色だ。

「あれはインフルエンザによる幻視のせいだと言ったけど、そうじゃない可能性が出たかもしれない。人を殺す夢が存在すると言ったなら、あかね君は信じるかい？」

ふぅーう、ふぅーう、は、は、は。ふぅーう、ふぅーう、は、は、は。

耳元に息を吹きかけるようなマッド・モランの声がする。

楓花の夢に入り込んでしまったことで、あかねも、今夜から同じ悪夢を見るのではないかと怖くなる。マッド・モランが自在に夢を行き来できる怪物だったらどうしよう。自分の夢にも『それ』が出て来て、今夜から廃墟を逃げ惑うことになったら……。

モニターに向かって奮闘するヲタ森の寝グセ頭を眺めつつ、あかねは少しだけ心配になった。

3　感染する夢

その晩あかねは夢を見た。

正門前で楓花を待ちわびている夢だ。研究室へ案内しなければならないのに、いくら待っても楓花は来ない。まだ来ませんとフロイトに連絡しようとしたら、スマホがないのに気が付いた。

きっとどこかで落としてきたんだ。バラ園だろうか。それとも回廊？　振り返るとそこは図書館で、まだ読み終えていない参考書が積み上がっている。教授に課せられたノルマは五冊だったはずなのに、その量は天井に届くほどだ。そうしてなぜか、参考書をすべて読み終えないとフロイトに電話できない気がして焦る。手近な一冊を取ってめくると、ページは白だ。これでは読むことすらできないじゃないか。

「どうしようーっ」

叫んだ声で目が覚めた。マッド・モランは出てこなかったけど、それなりに怖い夢だった。

室内を見回すと、学生寮のカーテンの隙間に月明かりがもれていた。狭い造り付けベッドを降りて、カーテンを開けると、向かいの学生棟に月が照っている。午前三時。まだ明かりの点いている部屋もあり、がんばるなあと、あかねは思う。

あかねは勉強が好きではない。でも大学生はやってみたかったのだ。そんな考えで過ごす四年間は、まったくの無駄だったのだろうか。自分はこれからどこへ向かうのか。二十二年も生きてきたのに、漠然とした進路すら見えないなんて、ホントにバカじゃなかろうか。

「夢の研究なんて……」

いい年をしたフロイトやヲタ森が、儚い夢の研究に情熱を傾けていることが、あかねは不思議でたまらない。夢なんて、ただ毎晩見るだけのものじゃないのかな。それに意味なんかないと思う。それでも楓花の尋常ではない様子を思うと、なんとかしてあげなくちゃという気にはなる。

トイレに行ってベッドに戻り、何気なくスマホで夢科学研究所のサイトを確認した。午前零時過ぎにヲタ森が楓花の夢再現動画をアップしていたが、あろうことか、すでに二件のメッセージが寄せられていた。

——はじめまして。

アップされた夢の映像を見て、あまりにも驚いたので書き込んでいます。なぜかというと、ほぼ同じ夢を見るからです。しかも複数回見ています。

どこが同じかというと廃墟の様子で、特に、壁に掛かった額（壁紙の模様もですが）のビジョンがそっくりなんです。ただ、ぼくの夢では、額の中にはっきり絵があって、ぼくは額の絵を見上げているんです。風景画で、自分でも描けるほど鮮明で、それがあまりに不思議なので、本当にそんな絵があるんじゃないかと思って探しているのですが、見つかりません。

自分で描ければいいんだけれど、絵心がなくてできません。あまりに不思議だったので、書き込んでしまいました。

：描けない画家——

——突然の書き込み、失礼します。

実は私も、『描けない画家』さんと同じ理由で、メッセージを残さずにいられなくなってしまいました。なぜといって、この夢の映像は、友人から聞いた悪夢にそっくりだからです。友人の場合は廃墟ではなくて学校ですが、森の中にあることや、何かに追いかけられるところはそっくりです。

実はもうひとつ怖いことがあって、その友人は高校二年で病死しています。夢の話はお見舞いに行ったときに聞かされたのですが、彼女は、夢に出てくる怪物に殺されると……

……紺色ソックス――

あかねは一人つぶやいた。サイトには夢に関するタグがたくさんあるのに、これほど早く反応が来たのも、同じ夢を見たという書き込みがあったのも初めてだ。

これはフロイトの言う『This Man』効果なのだろうか。それとも音羽楓花と同じ悪夢を見る人たちが、本当にいるのだろうか。

「うそ。やだ。なに」

翌朝九時には大学にいた。夢サイトの閲覧数が異様に増えていたからだった。通学バスに乗る前に、コンビニでおにぎり一個とアンパンひとつ、セール価格のお茶一本を寮食券と交換し、あかねは夢科学研究所へ真っ直ぐ向かった。バラ園を通ると学長が消毒をしていたので、

「おはようございます」

と、声を掛ける。学長は今日も首に手拭いを掛けて麦わら帽子を被り、灰色の作業

着姿であった。前回とひとつだけ違うのは、長靴を履いていることだ。

「はい。おはようさん」

振り向いた学長は、それがあかねだとわかるとニッコリ笑った。

「どうかね？　秘境の研究室へ通っているかね？」

あかねはもう一度、丁寧に深くお辞儀した。

「はい。ありがとうございました。単位がどうなるか、まだ全然わかりませんけど、少なくとも、変な研究に興味が湧いてきたところです」

「そうかい。それはよかったねえ」

学長はそう言って、再びバラの消毒をはじめた。満開だったピンクのバラはもうなくて、今は青々とした葉っぱばかりが、強くなってきた日差しに輝いている。すると、髪の色を変えたいと思っていたあの日のことが思い出されて、あかねは購買会へ寄り道した。

三週間以上も同じ髪色でいたなんて、初めてのことだった。

「マッド・モラン」

と、誰かがささやく。空耳かと思ってやり過ごしていると、また、だれかが、「マッド・モラン」と言った。

ローズピンクのヘアカラーをレジに置いて見回すと、イートインコーナーでフレンチトーストを囓りながらスマホを見ている女子学生二人が、

「やだ、マジ、ホント？」

と、話すのが聞こえた。

「それって、この大学じゃん。そんな研究室、あったっけ？」

あとは声を潜めてしまったので、話の内容は聞こえてこない。わずか前、あかねも学食でカレーそばを食べながら、友人と同じ会話を交わしていたのだ。

その研究室はここにある。大学の秘境の、ヤブヤブで暗い森の中に。

あかねは咄嗟《とっさ》にコーヒーも買い足し、それを持ってイートインコーナーへ移動した。話しているのは一年生らしく、テーブルに置いた鞄《かばん》がまだ新しい。二人でスマホを眺めながら、

「本物の夢みたい。よくできてるよね」と、頷き合っている。

「てゆうかー、ホントあの場所かと思っちゃった。それくらいよく似てる」

「廃墟なんて、どこも似た感じだからじゃない？」

ホットコーヒーに砂糖とミルクを入れてかき混ぜながら、あかねは一心に耳を傾けた。

「そうじゃないよ。この傾いた額がさあ、気持ち悪い、似すぎていて」

そこまで聞こえたとき、我慢できずに立ち上がっていた。

「あの、すみません」

声を掛けると、二人は身を寄せ合ってあかねを見上げた。

「ちょっと小耳に挟んじゃったんですけれど。廃墟とか、マッド・モランとかって。それは夢サイトの話でしょうか？　この大学の、夢科学研究所の」

二人は互いに視線を交わし、それからあかねに頷いた。

「あの……私、そこの助手なんです。今の話、あの場所かと思っちゃったって、聞こえたんですが」

スマホを持つ女子学生を別の一人が肘で突くと、彼女は食べかけのフレンチトーストを紙皿に戻して、唇に付いたグラニュー糖を指先で拭った。

「ええと……私、夢占いに興味があって、夢サイトへはよく行くんですけど、新しい動画がアップされたんで、友だちと一緒に見ていたんです」

「マッド・モランの映像ですよね？」

訊くと二人はまた視線を交わし、一人が、

「動画を見せたら、彼女が、実家近くの心霊スポットに似てるって」

と、スマホの画面をあかねに向けた。森に建つ廃墟の映像だ。

「実家近くの心霊スポット？　どこですか？」

「木曽《きそ》ですけど」

「木曽？　木曽って、えっと……その……」

「御嶽山《おんたけさん》の近くです」

「そこに似た感じの廃墟があるんですか？」

彼女はちょっと困ったような顔で首を傾げた。

「まあ……似てますね。森の中にあるところとか、絵があるところとか。でも、行ったの何年も前なんですよ。私、すごく年の離れた兄がいるんですけど、中学校の夏休みに、肝試しに連れて行ってもらったんです。もちろん、怖いから昼間でしたけど」

「額までそっくりだったんですか？」

「そっくりで、風景画が描かれていました。たぶん、まだ新しかった頃の建物の絵です」

「その場所、どこか教えて下さい」

彼女は「うーん」と、首を傾げた。

「場所は全然わかりません。運転してたの兄だったし……御嶽山の近くだとは思うけど、道路もちゃんとしていなかったような記憶があって……」

「ネット検索すれば出てくるんじゃない？　有名な心霊スポットなら」

もう一人が自分のスマホで検索をはじめたが、

「木曽・心霊スポットで、それらしいのはヒットしてこないね」

と、あっさり言った。

「あまり知られてないと思うんだよね。荒らされた形跡もなかったし」

「そうですか……」

あかねが残念そうに肩を落とすと、

「あれがどこだったのか、一応、お兄ちゃんに聞いてみましょうか？」

と、女子学生は言った。

「いいんですか？」

「私もちょっと興味があるし、何かわかったら連絡しますね。ちなみに夢科学研究所って、何棟にあるんですか？　学内の案内板を探してみたけど、わからなくって」

「えっと、それは……」

あかねは思わず言葉を濁した。幽霊森にあるとは言いにくいし、ブルーシートの下にはヲタ森の極彩色パンツが干してある。緑と赤の靴下も。

「直接研究室へ来て頂くより、メールのほうが嬉《うれ》しいです。サイトからメールをもらえたら」

「わかりました」

と、彼女が言うのをチャンスと捉えて、あかねは素早く席を立った。

これ以上突っ込まれて質問されても、答えたくないことが多すぎるからだ。

あまり好きではないコーヒーを手に夢科学研究所へ行くと、今日はパンツが干されておらず、それはそれで気になった。ヲタ森はどこでパンツを洗うのか（シンクに決まっているけれど）。そして、昨日はパンツを穿き替えなかったのかということが。

「おはようございます」

中央テーブルのパソコンにフロイトとヲタ森が貼り付いていて、声を掛けると二人同時に振り向いた。

「おはよう、あかね君。今日は早いね」

「昨夜、サイトに書き込みがあったから気になって……マッド・モランの夢を見た人が……」

「わかってる」

と、ヲタ森が言う。

今日の髪はさらにボサボサで、着ている服も昨日と同じ、きな粉敷きの草餅カラーだ。やっぱりパンツを洗う時間はなかったようだ。

「ヲタ森さん、徹夜だったんですね？　朝食もまだなら」

あかねはコンビニの袋をかき回し、武士の情けと言わんばかりに、おにぎりとお茶を差し出した。

「うお！　食料っ」

「夜中にマッド・モランの動画がアップされていたので、寝ないで作業したんだなって思ったから」

「さすがはペコ。いい勘してる」

さすがの理由などひとつもないのに、珍しくもヲタ森はあかねを持ち上げ、そそくさとフィルムをはがしておにぎりをほおばった。そして、

「なんで梅じゃないんだよ」と、顔をしかめた。

「昆布がイヤなら返して下さい。別に無理して食べてもらう必要はないんですからっ」

「や。食べるって。ありがたく頂戴します」

バリリとペットボトルの封を切り、お茶も半分飲み干すと、残りのおにぎりもたった二口で食べ終えて、まだ物欲しそうにあかねを見る。あかねはアンパンを背中に隠した。

「こっちは私のおやつなので」

「間食は太るのになぁ」

「余計なお世話です。ところで、サイトの閲覧数がすごいことに」

あかねはヲタ森を押しのけて定位置に着いた。奪われないようアンパンは膝に載せ、飲みかけのコーヒーは脇机に置く。コーヒーなら、ヲタ森に取られてもショックじゃないからだ。

フロイトがコメント欄を確認していたので見てみると、驚くことに、マッド・モランに関する書き込みはすでに十数件に膨れ上がっていた。

「うわ、コメントもっと増えてるし、閲覧数も上がってますね。どうして……？」

「こんなのは初めてだし、興味深い現象ではあるな」

あかねが飲みかけたコーヒーを、当然のように飲みながらヲタ森が言う。

「アップしたとたん、気になるコメントが来たからだと思うんだよなあ。似たような夢を見ていた女子高生がマッド・モランに殺されると予言して死亡。オカルトチックな内容と悪夢の動画に触発されたヤツがSNSやオカルト板で拡散し、結果、面白半分ふざけ半分の連中が湧き出してきたと思われ……てか、クッソ甘いな。砂糖何杯入れたのよ」

「三杯です」

「いやがらせかよ……」

ブツクサ言いながらもコーヒーを飲み干すと、ヲタ森はシンクへ行ってうがいをし、丁寧にシンクを洗って戻って来た。風呂代わりにするからなのか、いつもピカピカに磨いているのだ。

「その書き込み、私も昨夜読みました。書き込みはふたつあって、もう一人は額の絵を探していると書いてませんでしたか」

「そうなんだ」

サイトのコメント欄をクリックしながらフロイトも言う。

「驚くことに、マッド・モランの姿を見たというコメントも来ているよ」

「ええ？」

『Kキャンパー』さんという投稿者からで、この人も同じ夢を繰り返し見るそうだ。ただし、彼の場合は自分が森を逃げるのではなくて、森を逃げる人を山の上から見ているんだって」

「楓花さんの夢を外側から見る感じですか？」

「そう。俯瞰《ふかん》になっているんだね」

「なんですか？　フカンって」

フロイトは、ようやくチラリとあかねを見た。

「高い場所から見下ろすことだよ。彼は離れた場所にいる。だからマッド・モランの姿が見える。マッド・モランは叫び声を上げて……」

「ふぅーう、ふぅーう、は、は、はっ。じゃ、ないんですか？」

「違うんだ。それは巨大な茶色の蛇で、建物に襲いかかるところで目が覚める」

「大蛇……なんだ……マッド・モランは」

なぜなのか、あかねは水を浴びせられたようにぞっとした。そうすると、楓花はのしかかられるのではなくて、大蛇に呑まれていたのだろうか。ふたつの夢が同じものだとすれば、だが。

「本当に同じ夢なんですか？」

「同じ夢とは言えないが、似た夢といっていいと思う」

「この夢を見たら死ぬんですか？」

「バカを言うな」

と、ヲタ森が吐き捨てる。

「今のところ、死んだのは最初の会社員と女子高生だけで、会社員はインフルエンザ、女子高生はそもそも病気で入院してたんだろう？　どちらもたまたま死んだってだけで、夢に殺されたわけじゃない。そこにオカルトを盛っちゃマズいぞ」

「ですよねえ。よかった」

ホッとして背もたれに体を預けると、殺風景な天井を見上げながら、モニターのライトでフロイトのメガネが光っていた。長い前髪を掻き上げながら、殺風景な天井を見上げている。

「複数の人間が見る同じ夢は、現実世界においても同じ意味を持つと考える民族が存在する。だから複数人が同様の夢を見ること自体は、さして不思議なことじゃない。もちろん、日本にもそういう考えはあるんだよ」

「複数の人間が見る夢が、現実世界に……って、え？　ちょっと難しすぎるんですけれど……」

「一富士二鷹《たか》三茄子《なすび》。そういうことだろ？」

横からヲタ森が口を出す。

「いちふじにたかさんなすび……って、なんですか？」

「ばかなの？」

ヲタ森はため息をつき、フロイトは苦笑した。

「一富士二鷹三茄子は初夢だよ。初夢ならあかね君も知っているね？」

「お正月に見る夢のことですよね」

「元日の夜から三日にかけて、その年最初に見る夢を初夢と呼んで、一年の吉凶を占ったんだ。富士から順に、鷹、茄子、と縁起が善《よ》いとされている」

「富士山が大吉というのはなんとなくわかりますけど、鷹や茄子のどこが縁起いいんでしょう」

「由来は江戸時代に流行った富士講の影響とも言われている。文京区の駒込《こまごめ》に、駒込富士神社という神社があるんだけれど、その周辺に鷹匠《たかじょう》の屋敷があったこと、名産が茄子だったことから来ているらしいよ。富士は平穏無事につながるし、鷹は高く飛翔することから立身出世。茄子は事を成す、子を成すなど、繁栄の象徴とされたんだ。縁起がいいだろ？」

「つまり、ダジャレとこじつけですか」

ヲタ森が「ぷ」と、吹き出した。

「身もふたもない言い方をするね。『縁起担ぎは江戸の粋』と、解釈してもらいたいものだなあ。プラシーボ効果やノーシーボ効果など、占いや験担ぎの心理効果は科学的に証明されているんだよ」

「ペコだって人文学部だろ？　何を勉強してきたんだよ」

ヲタ森が文句ばっかり言ってくるので、差し入れたお茶を奪ってやろうかと思ったが、すでにペットボトルは空っぽで、コーヒーも紙コップごと消えていた。

「日本人はもともと夢と密接な関わりを持って来た民族なんだよ。夢を引き寄せたり、祓《はら》ったり、売り買いしたり、奪ったりね」

「夢を売り買いするんですか？」

「そう。日本の古い文献には『夢買い・夢売り』の話がけっこう出てくる。源頼朝の妻だった北条政子は、ある日、妹が見た夢の話を聞いた。高い山の上で着物の袂《たもと》に月と太陽を入れ、三つの橘《たちばな》の実がついた枝を頭に置くという、素晴らしく縁起の善い夢だ。そこで政子は妹の夢を凶夢と占い、自分が身代わりになって買い取ってやろうと持ちかけた。妹は鏡と小袖で夢を売り、北条政子は尼将軍になった」

「ずるっ！　ていうか、そんなの意味があるんですか。それとも、心理学的な意味合いっていうか、要するに気の持ちよう？」

フロイトはニコリと笑った。

「本当に意味があるかどうか。ここではそれを研究している。ところで、睡眠時に見る夢に意味を感じるのは日本人だけじゃない。たとえば北欧の人々は、白熊の夢は嵐の前兆と捉えているんだよ」

「それは言い伝えを知っているから同じ夢を見るってことでしょ？　たとえば、嵐が来そうな天候のときは、嵐が来ると思っているから白熊の夢を見てしまう」

「一理あるね」

「マッド・モランにも同じことが言えるとかですか？」

「その可能性を考えていたところだよ」

フロイトは背筋を伸ばしてあかねを見下ろした。

「だから、サイトにコメントをくれた人物全員と連絡を取って、データを集めてみようと思う。本当に共通点が見つかって、悪夢の原因を探れるかもしれないし」

「じゃ、俺は描けない画家さんにメールして、その風景画を再現してみます。それを音羽楓花に見せたら、なんて言うかな？　まさかまさか、同じ絵ですなんて答えたら……」

ヲタ森はそこで言葉を切って、「ゾクゾクするね」と、付け足した。

「あかね君はいつも通りにコメントを統計分けして欲しい。ぼくは収集するデータのリストを作るから、できたら各人にメールして、調査に協力してくれるか確認してくれたまえ。出身地、年齢、性別、簡単な生い立ちや趣味なんかの、当たり障りのないアンケートにしようと思うから」

「わかりました」

あかねはすぐさま作業にとりかかった。

音羽楓花が悩まされている悪夢を可視化したら、同様の夢を見るというコメントが集まった。そのことに、あかねは興味を惹かれたのだ。楓花を悪夢から解放してあげたいと思う気持ちはもちろんあるが、他者と共有することなどないと思っていた夢を複数人が見ていたなんて、不思議でならない。

――ＳＮＳで拡散していた動画を見ました。あまりにも不思議なことですが、同じような夢を私も見るので、コメントさせてもらいました――

このような書き込みは、その後も複数回あった。フロイトに指示されて、あかねはそれらの書き込みから共通する四点を持つものだけピックアップした。

・夢の舞台が森もしくは山の中であること
・建物が出てくること（廃屋でなくともよい）
・追われていること、もしくは襲われること
・恐怖を感じること
※悪夢が本人のものであっても、他者から聞いた話であっても同様に拾う。

その結果、マッド・モランを知っていると思《おぼ》しき人物は九名にのぼり（ただの感想や冷やかし、荒らしの書き込みはその何倍にも膨らんでいた）、フロイトは九名に調査の協力要請メールを送った。


すべての準備が整った午後のこと。

「たまには一緒に食事に出るかい？」

と、突然フロイトがあかねに言った。作業に夢中で気付かなかった。もうそんな時間かとモニターを見ると、表示時刻はすでに午後一時三十分を過ぎていた。

「わあ！　どうりでお腹《なか》が空《す》きました」

ヲタ森はどうしているかと後ろを向くと空っぽで、部屋の片隅で蓑虫《みのむし》のようにシュラフにくるまり、盛大な寝息を立てていた。

「昨夜は完徹だったから、少し前にダウンしたんだよ。ヲタ森には弁当を買ってきてやろう。どうせしばらく目を覚まさないから」

言いながらフロイトは白衣を脱いだ。白衣の下はシャツとデニムパンツで、私服だと若々しい印象になる。教授の年齢など考えたこともなかったけれど、まだ三十そこそこなのかもしれない。

「今までにまとめた分を準備して。昼食をとりながら作戦を練るから」

あかねは慌ててサイトの中身をメモしようとし、わざわざそんなことをしなくても、スマホでサイトにつなげばそれでいいのだと気が付いて、わずかの間に賢くなったと自分を褒めた。

フロイトがあかねを連れて向かうのはレストランでもファストフード店でもなくて、構内の学生食堂だった。構内にはお洒落《しゃれ》な外食産業も出店しているが、フロイトは迷わずに、最も地味な『おばちゃん食堂』をチョイスした。割烹着《かっぽうぎ》姿のおばちゃんたちが安価で愛情たっぷりのお総菜を提供してくれる店で、味噌汁《みそしる》は三十円から、白いごはんは五十円から注文できる。すでに昼食時間を過ぎていたので、二人は窓際の席を確保した。

「ぼくは、ここのごはんが大好きでね」

注文はセルフスタイルなので、トレーを取ってカウンターに向かう。

「私もです。私、お祖母《ばあ》ちゃん子だから、ここのごはんはすっごく大好きなんだけど、バイト先で賄いがあるので、なかなか来る機会がないんです」

あかねは首を伸ばして今日のメニューを確認した。

長いカウンターには出来たてのお総菜が並んでいる。ほうれん草のおひたし、切り干し大根と薄揚げの煮物、甘く煮付けた豆や冷《ひ》や奴《やっこ》、卵焼きなど、よりどりみどりだ。副菜から漬け物をチョイスしてその先へ進み、大葉と梅干しのアジ巻きフライ、タコさんウインナーと野菜の小鉢、さらにお多福豆をトレーに載せると、フロイトは目を丸くした。

「けっこう食べるね」

「育ち盛りですから」

食堂のおばちゃんがごはんをよそってくれながら、

「一人じゃないんだ。珍しいね、先生」

と、フロイトに言う。厚揚げの大根おろしがけ、長ナスの挽肉炒《ひきにくいた》め、ほうれん草のおひたしというフロイトのチョイスを確認すると、おばちゃんは無言で小鉢をトレーに足した。ニンジン入りのきんぴらゴボウが入っている。

「これはサービスしてあげるから、ニンジン、残すんじゃないよ」

「かなわないなあ」

と、フロイトは言って、ニンジンの量を目測した。

「あんた、お目々の大きなお嬢ちゃん。先生がニンジンを残さないよう見張っていておくれよね。いい年して、青っちろい顔してさ、偏食はよくないよ」

おばちゃんに叱られてフロイトが首を竦める仕草が、あかねは可笑《おか》しくてたまらない。完全無欠の大学教授にも苦手があると知るのは楽しい。ヲタ森用に梅おにぎりと、何か栄養のあるものを包んで欲しいとおばちゃんに頼んで席へ戻ると、二人は向き合って食事をはじめた。

「教授はニンジンがキライなんですね？」

フロイトは箸の先でゴボウだけを選《よ》り分けている。

「実はピーマンも苦手なんだ。あと、セロリとミョウガ、それから漬け物のナス」

「でも、長ナスの挽肉炒めをチョイスしてるじゃないですか」

「しっかり味が付いていればいいんだよ。苦手なのはナスの、皮じゃなくて身のところ。フカフカして捉えどころのない味がイヤなんだ」

フカフカして捉えどころのない夢の研究はしているくせに。と、あかねは思う。

「子供みたいですね」

「よく言われるよ」

笑いながらニンジンを除《よ》けるのを、あかねは見逃さなかった。

「がんばって食べましょう。おばちゃんの命令ですから」

言いながらカウンターに目をやると、おばちゃんがVサインを送っている。

「面白いおばちゃんですね」

「タエちゃんは自称ここの看板娘で、伊集院学長の大学の先輩なんだよ」

「ホントですか?」

「本当だよ」

苦い薬が奥歯に挟まったかのように、フロイトは口をもごもごさせた。目を白黒させながら、ろくに嚙《か》まないニンジンを大量のお茶で流し込み、立て続けにごはんをほおばると、ほうれん草のおひたしまで口へねじ込む。

「よく嚙んで食べましょう。それじゃお料理がかわいそうです」

「はい」

と、素直に言ってから、フロイトはメガネを外してテーブルに載せた。まあ、メガネなしのほうが断然見栄えがするのに、どうしてメガネをかけるのだろう。まあ、メガネはメガネで似合っているけど。

「前から気になっていたんですけど、そのメガネってアンティークですか？　度は入っていないんですよね？」

「少しだけ入っているよ。ほんの少しだけ」

「素材はプラスティックですか？」

「鼈甲だよ。心理学者だった祖父の形見なんだ」

「本物のアンティークなんですね」

「古臭いデザインだけど、一周廻《まわ》って新しいだろ？」

そうですね。とても教授に似合っています。と、あかねは心の中だけで言う。面と向かって褒めるのは恥ずかしいから、代わりにフロイトが苦戦しているニンジンを、少しだけ食べてあげた。

「ありがとう」

子供のような笑顔で言うので、年上の大学教授がかわいく思える。

「教授はどうして夢の研究を始めようと思ったんですか？」

ロイドメガネの度と同じくらい気になっていたことを訊いてみた。フロイトは一瞬だけキュッと唇を噛んで、「うーん」と、曖昧に首を傾げた。

「理由は……いろいろあるけれど……」

厚揚げを切っていた箸を止め、

「好奇心と……やっぱりそれが大きいのかな。平たく言うと」

と、言葉を濁した。そうではなく、研究を始めた理由について、以前、核心に触れる言葉を聞いたような気がするのだ。明晰夢を探ることで不虞《ふぐ》の事態に陥った人々に希望を与えるためだったろうか。それとも、えーと……。

「悪夢を憎んでいるから、でしたっけ？」

その質問がどこから湧いたかわからないのに、気付くとそう訊いていて、フロイトの大きな瞳が凍ったようにあかねを見ていた。

「……え」

「あ、いえ。変なこと訊いちゃって」

一瞬見合った瞳の色に動揺して、あかねは会話を打ち切った。不用意にフロイトの深層心理に斬り込んでしまったようで戦《おのの》いたのだ。深層心理のなんたるかも、よくわかっていないのに。

「きみは本当にユニークだね」

フロイトはメガネを掛け直し、あかね同様に話題を変えた。お茶を飲んで、メモ帳を出す。

「さて。要点をしぼった結果、マッド・モランを見たと思しき投稿者の数は、どれくらい？」

それであかねもスマホを出して、夢科学研究所のサイトにつないだ。

「やっぱり九名だと思います。さっき教授が調査の協力依頼を送信してくれたから、返信が来た順にアンケートをメールしますね。あ」

「どうかした？」

あかねはスマホを操作して、サイトの管理人宛未読メールを開封した。

「そうだった。忘れていました」

未読ファイルに『枝豆』さんからメールが来ている。今朝イートインコーナーで出会った女子学生の一人だ。

「実は今朝、購買会で買い物してたら、夢サイトの話をしている人たちがいたんですけど」

あかねは枝豆さんのメールを開いた。

「マッド・モランの廃墟みたいな心霊スポットがあると話していたから、声をかけて、その場所を教えて欲しいとお願いしておいたんです。そしたら、これ」

スマホごとフロイトに渡す。

——今朝イートインコーナーでお会いした下条《しもじょう》です。兄と連絡がとれました。でも、結果として、心霊スポットの場所はわかりませんでした――


「心霊スポット?」と、フロイト。

「中学生の夏休みにお兄さんと行った心霊スポットだそうです。中に風景画があって、廃墟になる前の建物の絵が描かれていたと」

「どこなの? 場所は?」

「木曽の、御嶽山の近くらしいです」

フロイトはメールの先を読んだ。


――夢サイトのURLを送って、あの夢をお兄ちゃんにも見てもらったんですけど、心霊スポットに行ったことなんかないって言うんです。

色々説明したんだけど、まったく記憶にないって取り合ってくれなくて、ついには、しつこいって怒り出す始末です。

でも、私が話したことは本当です。だって、見たことをはっきり覚えているんですから。森の中にあって、斜めに傾いた建物で、内部は泥だらけで、椅子やベッドが残されていて、あと、本や、食器や、ぬいぐるみとか……――

「ぬいぐるみ……」フロイトがつぶやいたので、

「ちょっと怖いですよね」と、あかねも言った。

「誰かの別荘だったのかなあ。廃墟になってしまう前は」

メールは続く。


――とにかく、そういうわけで場所はわかりませんでした。でも、私はこんなにはっきり覚えているのに、お兄ちゃんが知らないと言ったので、そっちの方が心配で。私も夢を見ていたとかだったら怖いです。マッド・モランのことで何かわかったら、逆に教えてほしいです。

枝豆こと　看護学部一年　下条真由美《まゆみ》――

「どうなっているんでしょうか?」

自分の食事をきれいに平らげ、あかねは呑気にお茶をすすった。そこへタエちゃんがヲタ森の弁当を運んで来た。

「はい先生、これは細長い人の分。余り物の唐揚げと卵焼き、サービスしておいたから」

白いポリエチレン袋に入れた弁当をテーブルに置くと、タエちゃんはフロイトの正面に座るあかねに目を向けた。

「あんたが今度のお助け助手かい？」と、訊く。

「お助け助手って、なんですか？」

「卒業の単位が足りなくて、先生にお助けされる学生のことだよ。そうなんだろう？」

図星だったので、あかねはコホンと咳払いした。

「しっかりやりなよ？　今からならまだ、ギリギリ間に合うんだから」

タエちゃんは背が低く、髪をすっぽり包むように三角巾を被っている。弓形の眉に切れ長の目。肌つやがいいので若く見えるが、学長の先輩だということは、七十歳を超えているのだろう。愛嬌《あいきょう》のある丸顔は、昔から知っている近所のおばちゃんといった雰囲気で安心する。

「タエちゃんさ」

お弁当の代金を支払ってから、フロイトは言った。

「ちょっと協力してもらえないかな？」

「いいよー。なんだい？」

フロイトは中指でメガネを押し上げると、タエちゃんのほうへ体を向けた。背の低いタエちゃんは、腰を屈めるだけでフロイトのひそひそ話を聞き取れる。

「怖いものに追われて建物に逃げ込む夢が、流行っていないか知りたいんだよね。学生たちの会話に耳を澄ませていてくれると助かる」

「なんだいそれは。怖そうな夢だね」

「サイトに動画を載せたとたん、反響があって驚いているところなんだ」

「都市伝説とかいうやつかい？　怪しい噂がまた流行ってるの？」

タエちゃんは眉間に縦皺を刻むと、割烹着で手を拭いた。

「怪しい噂がまた流行るって？　どういう意味？」

フロイトが訊くと、タエちゃんは小指の先で目の下を掻きながら、

「奇妙な噂を流行らせるの、学生さんは得意じゃないか」

と、静かに言った。

「若いからか、集団生活をしているせいか、そもそも世界が狭いのか。学生さんは何かに突き動かされるみたいに噂や思想や行動を流行らせるよねえ。そして自分を傷つける、その繰り返し。大昔にもさ、あったじゃないか。自殺が流行って若者たちが九百人以上も死んだ事件が」

「知らないな。いつのこと？」

タエちゃんは空いている席に腰掛けた。

「知らないかい？　そうか、知らなくても無理ないか。ずいぶん昔のことだものねえ」

「九百人も死んだって？　え、え？　それっていったい、どんな事件なんですか？」

あかねが訊くと、タエちゃんは身を乗り出して声を潜めた。

「八十過ぎの兄が、まだ子供だった頃の話だよ。三原山の噴火口へ、二人の女学生が行ったのがはじまりだったの」

「三原山？」

「そう。とても奇妙な事件でね、三原山の噴火口が自殺の名所になっちゃったんだよ。ある日、二人の女学生が山に登って、一人は身投げして死んだんだけど、もう一人は泣いているところを登山者に助けられたんだって。ところがしばらく後になってから、助けられた子の友人がやっぱり三原山で投身自殺していたことがわかってね。不思議なことに、助けられた子はそっちの友人の自殺にも、同行していたんだよ」

「え、どういうこと？」

出来事の奇妙さに、あかねは思わず二の腕をさすった。

「どうもこうも、話はそこまでで、真相はわからずじまい」

と、タエちゃんは頷く。

「でも、奇妙な話だろ？　その子は最初の友人の自殺に付き添って、彼女が噴火口へ飛び込むのを見届けてから家に帰り、後に別の友人がまた噴火口に飛び込むのも見届けたってことだから。このことがニュースになると、それに触発されたみたいに自殺が流行って社会問題になったのよ」

「なんでそうなっちゃったんですか？　九百人も自殺するって、異常事態じゃないですか」

「もちろんよ。あまりに飛び込むものだから、噴火口を捜索したら、遺体がたくさん回収されたって。燃え尽きてしまった分も含めると、実際にはもっと多かったって話もあるよ」

タエちゃんはフロイトに目を向けた。

フロイトは腕組みをして何事か考えていたが、やがて静かにこう言った。

「オカルトには人を惹きつける力がある……人は死を恐れるあまり、死に惹きつけられてしまうのかもしれないな。思春期不安の状態では特に、恐怖を超越して甘美にすら思えるのかも……マッド・モランも、もしかして……」

それから目を上げて、

「音羽楓花さんに連絡してみたほうがいいかもな」

と、独り言のようにつぶやいた。

「タエちゃん。とにかく学生たちの様子に気を配ってくれないか。気になることがあったら、連絡して。頼むよ」

「はいはい。まかせとき。あたしもホームページとやらをのぞいてみるし」

タエちゃんは席を立ち、フロイトのお膳をのぞき込むと、

「ニンジン食べたね。えらいえらい」

ニコニコしながら、またカウンターへ戻って行った。


ヲタ森の弁当をぶら下げて夢科学研究所へ戻る途中、フロイトは歩きながら楓花に電話をしたが、連絡がつかないようだった。

「電話に出ないなあ」

「楓花さんのこと、気になりますか?」

訊くと、フロイトは眉をひそめてスマホを切った。

「昨日の異常な様子もだけど、彼女はサイトを見ているはずだと思わないかい?」

「思います」

「だよね。とするとマッド・モランの動画がすでにアップされたことも、コメントが殺到していることも知っているはずだ。なのに、これといったリアクションがない。大丈夫だろうか」

「大丈夫って、なにがです?」

タエちゃんからあんな話を聞いたからだろうか。フロイトにそう言われると、あかねも不安が募ってきた。楓花がサイトを見ているとして、同じ悪夢を見る人たちの存

在を知ったなら、どうするだろうと考えてみる。

先ずは恐怖を覚えるだろう。それから、その人たちに会って話を訊きたいと思うだろう。そしてやっぱり悪夢の原因を知りたいはずだ。

「お仕事中か何かで電話を取ることができないだけじゃないですか？　あとで楓花さんのほうから連絡してくるつもりかも」

「そうだといいけど」

「そうに決まっていますって。そうしたら私たち、楓花さんにきちんと報告できるように、資料を集めておかなくちゃいけませんね」

やけに感心したという顔でフロイトが見下ろしてきたので、あかねもキョトンと彼を見上げた。

「そうだね。あかね君の言うとおり。とにかく調査を進めておこうか」

「はい」

答えながら、自分も頼りがいが出てきたじゃないかと、あかねは思った。調査依頼を送信したら、マッド・モランを見る人たちの傾向を割り出そう。そこから何がわかるのか、そう考えると、

「ゾクゾクするぅ」

ヲタ森の台詞《せりふ》を、あかねもそっとつぶやいてみた。

4　殺人夢

自分が見る特異な夢には誰しも関心が深いとみえて、調査依頼のメールをすると、大抵すぐに返信が来た。内容も概《おおむ》ね協力的で、無回答はひとつもない。

データをまとめている間にもマッド・モランの夢について知っているという書き込みは投稿されたが、整理していくと伝聞の発生元が重複していて、最終的にマッド・モランを見た『本人』は、音羽楓花を含めて四名。マッド・モランの『伝聞元』は、二名であることがわかった。

「教授、とうとう正確な集計が出ました……と、思います」

その日の夕方。あかねは自分の肩を揉《も》みながら、少し誇らしげにフロイトを呼んだ。何をするにも集中力に欠ける自分が、これほど一生懸命にひとつのことをやり続けたのは初めてだ。

束《つか》の間《ま》の眠りから覚めたヲタ森は、梅おにぎりの種を飴《あめ》のように舐《な》めながら、風景画の再現作業に没頭している。

「楓花さんを含めた六名は、二十四歳、二十三歳、二十六歳、あと二十七歳でした。昨年亡くなった男性は生きていたら二十八歳。高校二年で病死した人は、生きていれば現在二十四歳です」

「比較的年齢が近いんだなあ。性別はどう？」

「女性四名。男性二名。亡くなった人は男性と女性です」

「住んでいるところは？」

「楓花さんは埼玉で、ほか愛知、長野、神奈川、栃木、奈良……バラバラですね」

「ふうむ」

と、フロイトは言って、人差し指で鼻をこすった。

「趣味や生活実態はどうだろう？　何か共通項が見つかったかい？」

「見つかりませんでした。楓花さんはパン屋の店員さん。ほかは、大学生、フリーター、公務員、会社員など。趣味もバラバラで、ゲームオタクだった人もいないし、ホラー映画を好む人もいませんでした。そういう意味では、共通してホラーは苦手と答えています」

「参ったなあ」

フロイトは頭を掻いて、もう一度スマホで楓花に掛けた。首を傾げて呼び出し音を聞いている。カーテンのない窓の向こうは夕暮れの色で、時刻は午後六時をまわったところだ。

「ヲタ森さん。いい加減に梅干しの種を捨てたらどうですか?」

あかねは後ろのヲタ森に言った。梅干しの種が奥歯にコロコロ当たる音が、ずーっと気になっていたのだった。

「なんで?」

モニター画面を睨んだままでヲタ森が言う。

「だってもう、とっくに味がないでしょう」

するとヲタ森はビックリした顔で、突然あかねを振り返った。

「バカ言うな。これを割れば天神さんが出てくるんだぞ。しょっぱくて旨《うま》いのに」

「てんじんさん?」

「仁だよ、仁、種の芯。ペコってなんにも知らないのな。割ってやるから、食べてみるか?」

「いりませんよ。そんな散々舐め回したの」

「だよな。俺はこれが大好物で」

ガリッ! と、大きな音を立て、ヲタ森は種を嚙み割った。ペッと手のひらに吐き出すと、二つに割れた殻の中から、アーモンド形で薄紅色の仁を抜く。

「それが天神さんですか？」

「そ」

ヲタ森は殻だけを捨て、天神さんを口に戻した。

「ちっとも美味しそうに見えないですけど」

「旨いよ。抗菌作用があるし、ビタミンなんちゃらも豊富なんだぞ？」

「ただし、よく漬け込んだ梅の場合だ。生梅の仁は胃で青酸に変わるから危険なんだよ。絶対に食べてはいけない」

フロイトはそう言って、首を傾けながらスマホを切った。

「やっぱり出ないな」

眉をひそめるフロイトのことなど気にもせず、ヲタ森は天神さんを嚙みながらパソコンを操っていたが、やがて、

「ちょっと見てもらえませんか？」

と、席を立った。フロイトは白衣のポケットにスマホを落として、ヲタ森の席へ移動した。

「描けない画家って投稿者と、連絡を取り合いながら再現しました。見てもらったら、そこそこ近い気がすると言ってます」

もちろんあかねも興味を惹かれて、ヲタ森のモニターをのぞきに行った。そこには

不鮮明ながらも建物だとわかる油絵が浮かんでいた。絵を縁取っているのはあの額だ。額縁は白く、油絵は無彩色になっている。

「これが廃墟にあった絵なんですか？」

「さあね。いまのところ、この絵は、『描けない画家さんが夢に見る絵』にすぎない。で、俺としては、是非とも音羽楓花に確認したい。もしも、彼女が、『私の夢に出てきたのも、この絵です』って、言ったら……」

「ゾクゾクしますね」

「俺の台詞を真似んなよ」

文句を言いつつも、ヲタ森は満足そうだ。

風景画は森に建つ建物を描いたものだった。視点を高く設定したせいか、樹木の奥に建物がそびえて見える。建物は白く、一部が塔になっていて、一階部分に明かり取りの大窓がある。楓花の夢に入ったときは廊下しか見ていないので建物のスケールがわからなかったが、ヲタ森の絵で見る限り、そこそこ大きな建物だ。

「別荘というより教会みたい」

「それか、個人病院か、学校か……」

フロイトも同意した。

「ちなみに、日本の風景画家の作品もざっと検索してみましたが、似たような画角やタッチの作品は見当たりませんでした。素人が描いたものならお手上げだけどね」

「夢に出てくる絵を描いた画家や作品を探すなんて、できないんじゃ……」

「どっかで目にした風景画が印象に残って、夢に見た可能性だってあるだろうが」

「そういう意味でいうのなら、絵画だったとは限らない。実在の風景や、映画やマンガのシーンとかそういうものが、夢では風景画として表出した可能性もある」

モニターの前にいるヲタ森とフロイトの後ろ頭を交互に眺めて、あかねは、

「そんなこと言ったら、なんでもアリってことになっちゃうんじゃないですか？」

と、唇を尖らせた。

「本人が意識していなくても、頭に映像が残っていて、それが夢に出て来たかもしれないって言うんでしょ。自分の記憶さえよくわからないのに、他人の記憶をどうやって探るんですか？」

「俺は音羽楓花の反応を知りたいんだよ。だからせっせと画像を作ったの。先ずは彼女に見てもらいたい。話はそれからだ」

確かにヲタ森の言うとおりだし、そう考えるともう一人、あかねは、実際に廃墟へ行って絵を見たという人物を思い出した。

「そうしたら、今朝の一年生にも見てもらいませんか？　マッド・モランの廃墟が木曽の心霊スポットにそっくりだって話していた枝豆さんに。ヲタ森さん、その絵をサ

イトにアップして下さいよ。彼女にメールして、確認してもらいますから」

「ペコのくせに指図……」

「そうしてみようヲタ森。もしかすると、風景画そのものや、風景画に描かれた実際の場所を知っているというユーザーが現れるかもしれない」

「へいへい」

と、ヲタ森は言って、画像をアップする作業にかかった。

「でも教授、もしもそんなユーザーが現れたなら、どういうことになっちゃうんですか？　マッド・モランは現実にいて、楓花さんたちを脅かしているってことですか？」

あかねが訊くと、フロイトとヲタ森は同時に振り向いた。苦笑いしながらフロイトが言う。

「逆だよ。もしもそんなユーザーが現れたなら、マッド・モランはただの悪夢じゃないってことになる。悪夢の根元が現実世界にあるということ。それが複数の人たちに悪影響を及ぼして、音羽楓花さんを追い詰めているということだ」

わかったような、わからないような。あかねは首を傾げたが、これ以上の質問はやめておいた。ヲタ森の意地悪そうな目が、失言を待っていると物語っていたからだ。

ヲタ森がサイトに画像をアップするのを待って、あかねは研究室を出てバイトに向かった。今では三つ掛け持ちしていたバイトの二つをやめて、コンビニ一本にしぼっていた。昼は真面目に勉強し、空いた時間に夢科学研究所へ通いつつ、週五日を夜間のコンビニバイトに当てる。夜十一時過ぎにバイトが終われば、寮へ戻って寝るだけだ。

その夜は疲れ切って夢サイトをチェックせずに眠ってしまい、毎日メールをくれるレンゲちゃんに返信しながら、看護学部の枝豆さんがヲタ森の風景画を確認してくれたかどうか、チェックに追われる夢を見た。

翌日、管理受信欄を確認すると、枝豆さんからメールが来ていた。

——おはようございます。昨日連絡をもらってすぐに、アップされた風景画を見ました。

それで、正直な感想は、『とても近い』というものです。『似ている』と、言っていいかもしれない。はっきり『これです』と言えないのは、絵を見たのは何年も前のことだし、一瞬だったし、断定する自信がないんです。

あと、実際には絵も室内も、とても汚れていた印象があるのですが、アップされた画像は白黒で、建物の壁が白く見えるので、少し違って感じるのかもしれません。でも、建物に塔があることと、窓が大きいところはそっくりです。実際の建物はどちらも壊れていましたが。

お兄ちゃんは知らないと言っていたけれど、思い出せば思い出すほど、心霊スポットへ行ったのは確かだという気がします。建物の奥まで入って行ったわけじゃなく、風景画が飾られている玄関と、そこから二つくらい奥の部屋しか探検できなかった気がするし、もちろん塔へも入ってなくて、それはお兄ちゃんが怖がって、すぐに戻ろうって言ったからです。そう考えると、心霊スポットなんて知らないって怒ったのは、自分の臆病が恥ずかしいからかもしれません。あまりお役に立てなくて申し訳ないです。

：枝豆――

「んん？　つまり結局どういうことなの？」

構内を夢科学研究所へ向かって歩きながら、あかねは独り言をいう。それを鮮明に夢に見る本人によれば、絵はそこそこ再現度が高いという。そして、マッド・モランの夢は見ないけれどそれらしき場所を知っているという枝豆さんは、心霊スポットにあった絵にとても近いと言っている。絵は荒廃する前の心霊スポットを描いたものじゃないかと。

「つ、ま、り。マッド・モランの夢に出てくる絵も、建物も、実在する？」

その閃《ひらめ》きに、あかねは自身とても満足した。脳みそを休眠させていた何かが変化し、思考回路が活性化してきたとさえ思った。どうして自分は、今まで真剣にひとつのことを考えるという習慣を持たなかったのだろう。もしかしたら、

「私、そこそこ頭がいいんじゃ……？」

その考えが嬉しくて、あかねは来た道を駆け戻ることにした。目指すは学生寮の自分の部屋だ。嬉しいことがあった日は、するべき儀式があるのだった。

正門の向こうに広がる空に、もくもくと入道雲が湧き出している。大学の森で蟬《せみ》が鳴き、間近に迫る夏の香りが、あかねの髪を吹き抜けた。


「げっ」

午後三時過ぎに夢科学研究所を訪れると、ヲタ森の開口一番がそれだった。

「ガソリンでもかぶったか？」

「どうしてガソリンなんですか」

「頭がピンクになってるからだよ。マンガンイオン溶液みたいなピンク色に」

あかねは頭を振って髪を揺らすと、

「思ったより、ずっといい色になりましたよね？」

と、一房引っ張りながらヲタ森に訊いた。

「いい色というか、お祭り気分になるのは認める」

「どうしてお祭りなんですか」

「なんつか綿アメみたいな色だから。ってか、ホントどうした。科研の実験に協力したら、失敗したとか?」

「染めたんですよ。いいことがあったから。この色、かわいくないですか?」

ヲタ森は首を竦めてため息をつき、クルリとあかねに背を向けた。

質問に答える必要性を感じないということらしい。

「それより今日は、フロイト教授は? 会議か学会でしたっけ?」

自分の居場所に腰を下ろして、あかねは室内を見渡した。

パソコンを起動して、レンゲちゃんに返信するため夢サイトを呼び出した。仕切りのないワンフロアにフロイトの姿はなくて、簡易式のハンガーには白衣が二着掛かっている。

「音羽楓花のところへ行った」

キーボードを叩きながらヲタ森が言う。

「あのまま連絡がつかないからさ。電話に出ないし、メール送っても返信がない。フロイトの知り合いのクリニックへも来ていない。だから心配で様子を見に行った」

「様子って、楓花さんのところへですか?」

「勤め先のパン屋へね。メールくれたとき、基本情報は入手できていたから」

「そうですか……」

アッシュピンクの髪を褒めてもらおうと思ったのに。空っぽの椅子を眺めながら、あかねはわずかに肩を落とした。

「楓花さん、ここで夢を再現したから、悪夢も解決しちゃったのかな？」

「そんならそれでかまわないけど、礼くらいは言ってくるだろ、ふつう？　俺が何時間掛けて再現データを構築したと思ってるのよ」

昨日は風景画に一定の評価を得てご機嫌だったのに、今日のヲタ森は機嫌が悪い。

あかねがひと言喋るたび、背中を向けたまま絡んでくる。

「いいんだ、いいんだ……ヲタクが徹夜で他人の夢を映像化してさ、それがいったい、なんの役に立つかと思ってんだろ。ったく」

「私は別に」

「ペコが、じゃないよ。一般論だよ。夢科学研究所はさ、今までずーっと、そういう目で見られてきたの。夢みたいな研究を、バカ熱心にやってるところってさ」

高速でキーボードを叩きながら、ふて腐れ気味にヲタ森は続ける。

「それが音羽楓花の登場でだよ、ようやく面白くなってきたところだったってのにな。悪夢の原因を悪夢から紐解く。マッド・モランは夢科学研究所初の成果になるかもしれないってのに、当の本人は電話にも出ないって、なんなんだ？　自分の夢だぞ？

それをこっちは徹夜で再現してんだぞ？　気になって、結果を早く知りたいと思うのが普通じゃないのか、ふ、つ、う、だろうがっ」

確かにあかねも、楓花の様子が気になっていた。マッド・モランの噂や、それを知っているという声が拡散し続けていることは、サイトをのぞけばわかるはずだ。なのに楓花は連絡を寄こさない。フロイトがわざわざ様子を見に行った気持ちもよくわかる。

「それじゃ、私は今日、何をすれば？」

「伝聞元やご遺族に連絡とって、聞き取り調査をしてくれってさ。そこにリストがあるだろう？」

デスクにはフロイトの指示書が置かれていた。マッド・モランを又聞きした人物に教えてもらった伝聞元の氏名のほかに、高校二年で亡くなった女性の実家など、わかる限りの情報が書いてある。

「亡くなった女子高生は冬子《ふゆこ》さんっていうんですね。でも、直接お家にかけるのは勇気がいるなあ。夢のことで教えて欲しいって、どんなふうにお話ししたらいいんだろ」

「中途半端にオカルトめかして、怒鳴られないよう注意しとけよ」

髪を染めてアップしていたテンションが、急激に下がってきた。

そこであかねは生存している伝聞元の一人と連絡を取ることにした。ハンドルネームは『専業主婦』で、愛知県に住んでいるらしい。電話をかけながら何度も深呼吸して、話し方と質問の仕方を頭の中でシミュレーションする。

「はい。高野《たかの》でございます」

それでも相手が電話に出ると、緊張で心臓が痛くなった。

「あの、突然失礼いたします。城崎という者ですが、ハンドルネーム『専業主婦』さんはご在宅でしょうか」

「なんですか、あなた?」

相手はとたんに怪訝《けげん》そうな声になった。

「私、城崎と申します。いきなりハンドルネームを言って電話するなんて充分怪しいですけれど、でも、あの、決して怪しい者じゃないんです、私は、大学の研究調査でですね」

「大学の研究調査?」

「そうです。こちらは夢科学研究所の、えっと、なんと言いますか、夢サイトのですね」

「ああ……」

ようやく声のトーンが柔らかくなったので、あかねも肩の力が抜けた。

「改めまして、私は未来世紀大学夢科学研究所の城崎という者ですが」

相手は「うわぁ、本当に？」と、つぶやいてから、

「確かに調査に協力してもいいって書き込みしました。すごく興味があったから。でも、まさか電話が来るなんて。あれってネタじゃないんですか？」

と、緊張の解けた声で言った。

「いえ。ネタじゃなく、大真面目に研究しているんです」

見知らぬ人に電話するって、すごく大変なんだなと思いつつ、本当に夢の研究をしていること、サイトに悪夢の映像をアップしたら、同じ夢を見るという書き込みが多数あり、追跡調査のために電話をさせてもらったのだと、順序立てて丁寧に告げた。

「それで、専業主婦さんが見る悪夢について、詳しく伺いたいんですけど」

すると彼女は口ごもり、間を置いてから、済まなそうに言った。

「この夢、本当は、私が見るんじゃないんです」

「どういうことですか？」

「死んだ友人がずっと悩まされていた悪夢なんです。アップされた動画を見たら、友人の話そのままだったんで、思わず書き込んでしまったんです」

死んだ友人が悩まされていた悪夢？

受話器を握る手が冷えてきた。怖いので、ヲタ森が後ろにいるのを確認してから、

（落ち着け、落ち着け）と、自分に言って、できるだけ冷静に訊いてみた。

「もしかして、そのご友人は冬子さんって方ですか？」

「違います」

同じ人物だと言ってもらった方が、ずっとよかった。

あかねは椅子をくるりと回して、ヲタ森の背中を正面に見た。足を伸ばして背もたれを蹴ると、ヲタ森はムッとして振り向いた。

「田村純一君という大学の同期ですけれど、怖い夢を繰り返し見るって話していて、俺きっと、いつかその夢に殺されちゃうよって……」

田村純一。それはマッド・モランのきっかけになった会社員の名前であった。高熱のせいか幻視を見て、マンションの部屋から飛び降りたという。ショックのためか、彼の母親に関しては、事故のあと一切の連絡がとれなくなっている。

「いつか夢に殺されるって、その人はそう言っていたんですか？」

ゾッとして、あかねはヲタ森に聞こえるように言葉を重ねた。

「言っていました。そうしたら、本当に亡くなってしまったので……」

サーッと全身に鳥肌が立って、あかねは足をバタバタさせた。

ヲタ森がいい加減にしろよ、と口パクしてくる。

「あの……今回の夢の調査なんですが、きっかけになったのが、その方のお母さんから来た相談のメールだったんです」

「え……」

と相手も言葉を呑んで、「そうだったんですか」と、しみじみ言った。

「お葬式のときも、純君の夢の話をみんなでしていて……亡くなる直前まで悪夢にうなされていたとお母さんが……だから、本当に夢に出てくるバケモノに殺されたんじゃないかとか……悪夢で不眠症になって、鬱になってしまったんじゃないかとか……。この話、私たちの中ではけっこう有名で、だからサイトの画像や書き込みを見たときは、ゾッとするのと同時に興奮してしまったんです。純君と同じ夢を見る人が純君の他にもいるなんて……」


田村純一。昨年死亡。生きていれば二十八歳。会社員。たしか栃木の人だった。

専業主婦さんとの通話を終えて、あかねはリストを書き換えた。

「絶対におかしいですよ。亡くなった田村さんもマッド・モランに殺されるって話してたって。マッド・モランって、なんなんですか？　若者は時々変なものを流行らせるって。マッド・モランって、なんなんですか？　流行する悪夢？　感染する夢とかですか。ね、ちょっと、ヲタ森さんってば」

必死に訴えるとヲタ森は振り向いて、

「で？　映像についてはどう言っていた？」

と、あかねに訊いた。

「よくできてたとか、すごいとか、そういうことは言ってなかった？」

そこですか？　と、あかねは思う。

「別に……でも、田村さんに聞かされた夢とそっくりだって言ったんで、よかったんじゃないですか？」

「ふん」

ヲタ森はつまらなそうに鼻を鳴らすと、また背中を向けてしまった。

「あとは『ユカリ』とかいう二十三歳の女子大生か。まだ言質《げんち》が取れてないのは。つか、二十三で大学生って、どっかで一年ダブっているな」

「ヲタ森さん。私、なんか怖くなってきたんですけど。その人に電話をかけて、もしもまた、亡くなっていたとか言われたら……」

「そんなドピンクの頭でシリアスなことを言われてもねえ。見ているこっちはギャグとしか」

あかねは本気で怯《おび》えているのに、ヲタ森はそれを一蹴した。

「それならヲタ森さんが電話してみてくださいよ。私は怖くてイヤなんだから」

「あのなペコ」

ヲタ森はクルリと椅子を回転させて、もろにあかねと向き合った。人差し指を振りながら、眉根を寄せて迫って来る。

「その考え方は間違っている」

「どの考え方ですか」

「俺に電話をさせようって考え方だよ。そもそも、俺がなんでヲタ森と呼ばれていると思うんだ?」

「ヲタクだからでは?」

「正解!」

ヲタ森は深く頷いた。

「俺はヲタクで、ヲタクは三次元の付き合いが苦手なんだよ。この際だから教えておくぞ。ヲタクにコミュニケーション能力を求めるなんて、大きな、ま、ち、が、い」

細い目を見開いてあかねを睨むと、ヲタ森は、

「そこ、オッケー?」

と、訊く。あかねが何も答えずにいると、

「よし。じゃ、今日はこれくらいにしておいてやる」

と言い捨てて、とっとと作業に戻ってしまった。

仕方なく、二十三歳の女子大生に電話をかけようとしたときだった。ポポン! と、

メール受信の音が鳴り、『夢に殺される』という件名が、ボーッとモニターに浮かび上がった。今まさにあかねが連絡しようとしていた二十三歳女子大生からだった。

「うそ！」

小さくひと言つぶやいて、あかねはメールを確認した。

――件名：夢に殺される　送信者：ユカリ

夢科学研究所さん。もう限界です。助けて下さい。昨夜バスルームの鏡の中に、あれがいました。じっと私を見てました。サイトの動画を見てからは、続いて夢を見るようになってしまいました。ネットで検索したら、この夢は最初に見た人が自殺してから徐々に広がったと書かれていました。私が見るのも同じ夢です。あれは夢から抜け出して来て、次々に人を殺しているんじゃないですか？　きっと次は私の番です。だって、バスルームに……――

『だから、本当に夢に出てくるバケモノに殺されたんじゃないかとか』

専業主婦さんの電話の声が、頭の中に響いて来る。田村純一は自殺ではなく、幻視だった可能性が大きいのに、ネットでは自殺したことになっている。デマや噂話に上書きされて、今やマッド・モランは本物の怪物になりつつある。

ユカリに忍び寄るマッド・モランの影を感じて、彼女に危険が迫っていると思った瞬間、あかねはビデオ通話をかけていた。

モニターが瞬きのように点滅すると、どこかの部屋の天井が映し出された。ユカリという二十三歳女子大生の部屋だなと思う。昼なのに室内は薄暗く、閉めっぱなしのカーテンが見えるだけで、人影はない。

「ユカリさん、ユカリさん、こちらは夢科学研究所の城崎です。ユカリさん！」

パソコンに向かって叫んでいると、画像の下に腕が映った。薄暗いせいなのか、灰色に見える。

「ユカリさん？　大丈夫ですか？　今、メールをもらって、心配になって、私は夢科学……」

灰色の腕に力が入り、モニター下方から頭がせり上がって来た。力なく俯《うつぶ》していたらしい誰かの頭だ。あかねとそう年の違わない女子大生のはずなのに、髪の毛はボサボサで艶もない。やがて彼女の顔が見えたとき、あかねは言葉を失った。

どこかでこんなのを見たことがある。誰かが描いた怖い絵だ。骸骨みたいに細い腕で両頬を押さえて、大きく口を開けて叫んでいる絵。

「ユカリさん……ですか……？」

相手にも自分の顔が見えているはずだから、あかねは平常心でいようとしたけれど、上手《うま》くいったとは思えなかった。微笑みは引きつってしまったし、髪はふざけたピンク色だ。

対してユカリという女子大生は、ムンクの『叫び』そっくりな風貌をしていた。顔は灰色で、頬がこけ、落ちくぼんだ目が異様な大きさで、濡れたようにギラギラ光っている。痩せすぎた顔は頭蓋骨の形が想像できるほどで、首筋に骨と筋が浮き出して、起き上がるのもやっとという状態に思えた。

「はい」

相手はそう返事をしたが、声を出すのも辛《つら》そうだった。バスルームの鏡に映ったマッド・モランは、変わり果てた自分の姿だったのじゃないだろうか。あかねは咄嗟にそう思い、ただ彼女を救うことだけを考えた。目まぐるしく頭が回転し、あかねはひとつのことだけをユカリに訊ねた。

「ユカリさん。ご家族の電話番号を教えて下さい。言えますか？」

深い隈《くま》が刻まれた目を宙に向け、蚊の鳴くような声で彼女は言った。

「080……147……9……たすけて……あれに……殺される」

「大丈夫、大丈夫ですから」

いつの間にかヲタ森が後ろに立って、

「番号オッケー」

と、あかねにつぶやく。相手はまた俯して、手を伸ばす仕草が見えたあと、通信が途切れた。

ユカリの母親からお礼の電話がかかってきたのは、それから二時間後のことだった。夢科学研究所からの電話でアパートに駆けつけて、娘を無事病院へ運んだという。

「本当にありがとうございました」

心からお礼を言われて、あかねは本気で戸惑った。危機を察知して家族に連絡するなんて。自分にこんな芸当ができるとは思わなかった。見知らぬ相手に電話をかけることにさえ、物怖《ものお》じしていた自分なのだから。

「おかげさまで娘を入院させることができました。もしお電話を頂かなかったら、異変に気付くこともなかったかもしれません。なんとお礼を申し上げていいのやら。それで、あの、どちらへお礼に伺えば？　ユカリとは、どんなご関係だったでしょうか」

「お礼なんてとんでもない。それに、私たちはユカリさんと会ったことがなくて……」

それであかねは、彼女と連絡を取ったいきさつを説明した。

「大学で悪夢の研究をしてるんですか？」

母親は驚いた声で言う。

「悪夢に限らず夢全般です。でも、今回は、サイトにアップした悪夢とまったく同じ夢を見ると、ユカリさんが連絡くれて、それでたまたま調査の電話をしたんです」

「そうですか……ユカリがそちらへ連絡を……」

「あの……ユカリさん、どこが悪いんですか？　大丈夫ですか？」

彼女の異様な容姿を思い出し、あかねはつい、聞いてしまった。

「詳しいことは検査してみないとあれですが、先生が、心の病かもしれないと……それで、あの、その夢ですが、ユカリの他にも同じ夢を見る人がいるってことなのでしょうか？」

そう訊かれると、同じ夢を見ていた人が死んでいる事実を思わずにいられない。

「はい。ええと……わかっている範囲で数名います。連絡をくれた人だけで数名ですから、他にもいるかもしれないけれど」

「追いかけられる夢ですよね？　森の中で。そしてどこかに隠れるんです。あの子から聞いて知っています。小さな頃から、うなされて、飛び起きて、眠るのを怖がる時があって、私も不思議に思っていたんです。どうして同じ夢を見るんでしょうか？」

「それを調べようとしているんですけど、夢を見る人たちの共通点が、まだ見つからなくて」

「他の人は？　皆さんどう仰《おっしゃ》ってるんです？　ただの夢だと割り切っているんでしょうか」

亡くなった人もいますとは言えなくて、あかねはまたヲタ森を見たが、彼はやっぱり背中を向けて作業をしている。

「皆さん、けっこう怖がっているみたいです。私たちとしましては、原因を探って、もう悪夢を見ないようにしてあげたいと思ってはいるんですけど」

「そんなことができるんですか？」

「一生懸命調査してます。それで、ユカリさんが怖い夢を見るようになった時期とか、原因とか、きっかけとか、なにか気が付いたことがあれば教えてもらえませんか？」

母親は「そうねえ」とか、「どうだったかしら」とか、つぶやいていたが、やがて、「あの子は、もともと体があまり丈夫じゃなくて」

と、話し始めた。

「小さい頃に二年くらい、お祖母ちゃんの家で暮らしていました。周囲は山ばっかりだから、そのせいで森の夢を見るのかしらと思ったこともありました。都会みたいに外灯がないから、夜はそれこそ真っ暗になってしまうので」

「小さい頃って、いくつくらいのときですか？」

「幼稚園へ入る前までですから、二歳くらいですね。ユカリは小児喘息《しょうにぜんそく》があって、空気のきれいなところで療養させようということで、大滝村《おおたきむら》の樫《かし》ノ木沢《きざわ》にある実家に二年くらい住んだんですが。でも、それだと昔すぎますよね。二歳の頃の記憶が夢に出てくるなんて……そんなことがあるのでしょうか。あの子は色々と不安定なところがあって……」

「すみません。私は助手で、教授ならもっと詳しいアドバイスができると思うんですけど、外出していていないんです。でも、幼い頃の記憶が関係するって、全くないとは言えないのかも。あの……もしよろしければ、教授から電話してもらいましょうか？」

「え……でも、それじゃ……」

「話してみます。こっちも調査に協力してもらっているんだし」

それに、マッド・モランは命に関わる悪夢なのかもしれないし。

後の言葉は心に伏せた。

「専門の大学教授に詳しい話を伺えるならありがたいです。実は、ユカリの悪夢については心療内科の先生にも相談したことがあるんですけど、なかなかよいアドバイスを頂けなくて……それが、今日になったらこれでしょう？　もう、私もどうしてあげたらいいのか」

「では、改めてお電話することにして、ユカリさんが悪夢を見る頻度って、どのくらいなんですか？」

「多い時で週に一度くらいだったでしょうか。その夢を見ているときは、うなされ方でわかるんです。こっちが怖くなるほど気味の悪い声を出すので、慌てて起こしに行くと、『またあの夢を見た』って。疲れているときに見るようで、夢を見そうな日はなんとなくわかるとも言っていました」

「そうですか」

手近なノートにメモを取りながら、あかねは熱心に耳を傾けた。

母親は娘を苦しめる悪夢について真剣に悩んでいた。あかねは母親の聞き手にまわり、彼女が心情を吐露するのを待ってから、また連絡しますと言って電話を切った。

そうしてあかねも、楓花と連絡が取れないことがますます不安になってきた。随分長いこと話していたのに、振り向くとヲタ森はさっきとまったく同じ姿勢でいる。あかねは手近にあったスナックの空袋をクルクルたたみ、結んでヲタ森に投げつけた。

「てっ！　何すんだ」

床に落ちた袋を見下ろし、ヲタ森は、

「散らかすなよ」

と、拾ってゴミ箱に捨てた。あかねは、ちびた消しゴムをまた投げた。

「俺にケンカ売ってんの？」

「だって、大変じゃないですか、マッド・モランを見た人が二人も死んで、二人とも、夢に殺されるって言ってたんですよ？　もしかしたらユカリさんだって死んでいたかもしれないのに、それなのに、なんでヲタ森さんは呑気にパソコンいじっていられるんですか」

「ん？　もしかして怒ってんの？　俺のこと」

「そうですよ」

「そりゃごめん」

思いがけず素直に謝られ、あかねはすっかり毒気を抜かれた。

「見知らぬ相手に電話するとか、俺にはまったく無理だからさ、こんな時にペコがいてくれたのはありがたい。実際、彼女を救ったのはペコなんだし。俺の特技は特殊画像の制作に特化されてるから、そっち系ならなんでも来いってところなんだが、わりと怒らせちゃうんだよな、話をすると、相手のことを」

「ヲタ森さんって真性コミュ障なんですか？」

「あー、まあそうかも。なかんずくヲタクはコンプレックスの塊だしね」

そう言ってガリガリと頭を掻くので、あかねは投げた消しゴムを自分で拾った。

「意地悪してごめんなさい。でもホント、マッド・モランは怪しすぎます。てか、マジ怖い」

ため息をついて目をやると、窓の向こうを白衣の人影が動いている。

「あ。教授が帰ってきたみたい」

「へー」

間もなくノックの音がしてドアが開き、パン屋の袋を下げたフロイトが帰ってきた。

今日は白いシャツにデニムパンツという出《い》で立《た》ちだ。

「お帰りなさい」

と、ヲタ森が言う。

「あれ、教授」

白衣は？　と、訊きそうになってから、あかねはハンガーに白衣が二着掛かっていたのを思い出した。ならば白衣の人影は？　考えていると、

「あかね君。何かイベント？」

デスクに来るなりフロイトが訊いた。

「どうしてですか？」

無言で髪を指さされ、そうだったと、あかねは思った。自分の姿は見えないので、髪をピンクに染めたことなど、とっくに忘れていたのだった。

「イベントじゃなくて、ファッションです」

似合うねと褒めることもなく、フロイトはテンションの低い声で、「そうなんだ」

とだけ言った。

「それよりも教授、聞いて下さいよ。マッド・モランの追跡調査をしていたら、田村純一さんも、夢に殺されるって言ってたことがわかったんです。それで、それで、それですね、ユカリさんという人が、助けてってメールをくれて……」

興奮冷めやらぬあかねが怒濤《どとう》の勢いで説明するのを、フロイトは立ったまま、忍耐強く聞き続けた。フロイトの顔を見て安心したのか、あかねの話は支離滅裂になってしまったが、それでも話し終えると彼はニッコリ笑って、

「お手柄だったね」

と、優しく言った。

「これ、お土産。音羽さんのお店のパン。食事する時間もなくってね」

ようやくテーブルにパンの袋を載せると、ヲタ森がさっそく立ってきて中を漁《あさ》った。あかねのほうは一気に喋りまくったせいで脱力している。

「うお、アンパンだ。ごちそうさんです」

ヲタ森はパンをふたつデスクによけると、アンパンを咥《くわ》え、あかねにチョコロネを手渡した。

「ごちそうさまです。それで、楓花さんはどうでしたか？」

ハンガーの白衣を羽織りながら、

「会えなかったんだ」

と、フロイトは言った。

「ここへ来た翌日に、三日ほど休むと電話があったきり、店には出ていないそうだ」

「え？」

コロネの尻尾を小さく千切り、チョコレートをすくい取ろうとして、手を止める。

「だからお店の人に住所を聞いて、アパートへも行ってみたんだけど、留守だった」

フロイトは袋から総菜パンを取り出した。丸パンの中央にマカロニとチーズがのっているやつだ。半分に千切って真ん中にかぶりつくと、口をもぐもぐさせながら、

「仕方がないので大家さんに実家の連絡先を訊ねて、お祖母さんにも会ってきた」

と、言う。

「ふん」

と、ヲタ森は鼻を鳴らした。

「ストーカーみたいな追っかけ方ですが、事情が事情なので仕方ないですね。よしとしましょう」

アンパンを呑み込みながら偉そうに言う。次に袋から引っ張り出したのは、ひねって砂糖をまぶした揚げパンだった。

「それがなんかね……冷たい感じのお祖母さんでさ……」

遠くを見るような目を宙に向け、フロイトは悲しそうに言葉を続ける。

「音羽さんのご両親は離婚していて、彼女はお祖母さんに育てられたそうなんだ。お祖母さんと言っても、まだ若くてね。楓花さんは、ご両親ともに十代で産んだ子供らしい」

「ほうほう、十代。ガキですね」

揚げパンを咀嚼《そしゃく》しながらヲタ森が頷く。

「お祖母さんに引き取られたのが三歳の頃。母親が音羽さんを連れて来たときは、言葉もろくに喋れない子供だったそうだ」

心臓のあたりがきゅっと痛んだ。初めて会ったとき、楓花は古い記憶の話をしてくれた。お兄ちゃんに背負われて、他のお兄ちゃんに心配してもらったという話だ。

「それって、どういうことですか？　言葉もろくに喋れないって」

「感情の起伏も激しくて、あまりに情緒不安定だったので、お祖母さんは虐待を疑った。その後も母親が様子を見に来ることは全くないと怒っていたよ。こんなことは言いたくないけど、話してみた感じでは、楓花さんは幸福な育ち方をしてこなかったようなんだ。今回の事情をお祖母さんに話しても、心配する様子もなくってね、寒々しい感じだったなあ」

フロイトは俯いた。

ならば記憶の話は何だったというのだろう。ただの幻影か、希望を語ったものだったのか。それとも三歳よりもっと前、本当に小さな、小さな頃の思い出なのか。

音羽楓花。彼女はいったいどんな人物で、どんな生き方をしてきたのだろう。

「音羽さんの悪夢障害は、根が深いのかもしれないなあ」

そのまま誰も喋らなくなり、しばらくはパンの袋がカサカサいう音と、もくもくとパンを貪る音だけがプレハブ小屋の中に聞こえた。

どことなく翳《かげ》があった楓花の姿を、あかねはなぞるように思い出してみた。彼女が引きずっていた雰囲気は生い立ちに起因しているのだろうか。でも、それならば、優しい母を持つユカリという大学生や、条件の違う人たちがマッド・モランを見るのはなぜだろう。

ようやくチョココロネを食べ終えたので、次のパンをもらおうと袋を見ると、すでに空っぽになっていた。

「あっ、終わってる」

ヲタ森を睨んだが、さっきデスクに載せていたはずのパンすら跡形もない。ヲタ森が食べたのはアンパンと揚げパンだけだから、最初のふたつは手際よくどこかへ隠したのだ。

「パンがない」

もう一度言うと、

「ペコって独りっ子だろ？」

指についたグラニュー糖を舐めながらヲタ森が笑った。

「……なんでわかるんですか」

「競争意識とサバイバル能力が著しく欠如しているからだよ。兄弟がいると、与えられた食料と配分を真っ先に計算する癖がつく。独りっ子はよく言えば鷹揚《おうよう》で、つまりはトロい」

あかねはキュッと唇を結んだ。

「だからって、あらかじめふたつもパンを欲張らなくてもいいと思います。三人で六個パンがあったら、普通は一人二個ずつでしょ？」

「あまいね」

ヲタ森は席を立ち、シンクで手を洗って戻って来た。これ以上パンの話を続けるつもりはないらしく、デスクに座るなり、スリープしていたパソコンを立ち上げる。デスクの下には様々なものが入ったプラスチックケースが置かれているが、引き出しのひとつがしっかり閉まっていなかったので、あそこが怪しい、と、あかねは思った。

あとでひとつ奪い返して、「あまいね」と、ヲタ森に言ってやる。

濡れティッシュで指を拭ってメモを引き寄せ、ユカリさんの母親に電話してもらう

件をフロイトに報告しようとした時、

「ぅあ?」

と、ヲタ森が奇妙な声を出した。

「どうした」

フロイトが顔をあげて、席を立つ。

「音羽楓花からメールが来ました」

あかねとフロイトは同時にヲタ森の背後に回った。ヲタ森はすでに楓花のメールを開いていた。

「件名も本文もありません。でも、添付ファイルがついています」

添付ファイルは写真だった。

「ふぁっ」

今度はあかねが奇妙な声を上げる番だった。

「こここ、これって……」

フロイトも、モニターへ身を乗り出した。写っているのは荒れた森で、垂れ下がる蔓性植物の隙間に白っぽい建物が見え隠れしている。壁は蔦《つた》で覆われてしまっているのだが、高くなった塔の先端が梢の奥に突き出す様は、美しくも退廃的な雰囲気だ。

ヲタ森は隣のパソコンを起動させ、そこに、CGで創った風景画を呼び出した。

「似てる。と、いうか、そっくり。マッド・モランの風景画に」

「すわ。やっぱマジモンがあったんじゃんか……」

フロイトだけが黙ってモニターを睨んでいたが、突然スマホを操作し始めた。また楓花にかけているのだとあかねは思った。

「やっぱり出ない」

イライラした口調で通信を切る。

「音羽さんは、なぜ連絡をよこさない？　なぜだ」

ロイドメガネの奥の目が、明らかに熱を帯びている。フロイトが感じた不安をあかねも感じ、いても立ってもいられなくなった。

「教授。さっき調査の電話をしたら、亡くなった田村純一さんもいつかマッド・モランに殺されるって、怖がっていたっていうんです。だから、私にも楓花さんの番号を教えて下さい。別の番号から電話したら、うっかり出るかもしれないでしょう？」

言いながら、ヲタ森を横目で睨む。

「え？　……ちょっ」

やや難色を示したものの、ヲタ森もまた、フロイトから番号を聞いて楓花にかけた。

だが、楓花は誰の電話にも出なかった。

「なんだよもう。電話にも出る気がないんなら、最初から相談なんかしてくるなよ」

通信を切りながらヲタ森が怒る。

「メールはどこからだった？　ヲタ森？」

「モバイル通信みたいです。あ、じゃあ、メールで送ってみましょうか」

「そうしてくれ」

ヲタ森は楓花にメールを送った。なんでもいいから連絡をくれといったのだ。

「楓花さんはどうして電話に出ないのかしら？　写真を送ってきたってことは、今、廃墟にいるかもしれないですよね？」

あかねは画像をじっと見た。森は濃く、廃墟をすっかり呑み込んでいる。塔の奥には青空が広がり、山らしき稜線が写っている。こんな場所へ、楓花は一人で行ったのだろうか。彼女はどうやってこの場所を見つけ出したのだろう。そしてなぜ、電話に出ない？

「あ」

あかねは小さく悲鳴を上げた。

「なんだよいきなり、気持ち悪いな」

「もしかして楓花さん、マッド・モランに襲われてるんじゃないですか？　だから電話に出られないとか」

「んなわけあるか」

「いや」

と、フロイトも真顔で言った。

「ぼくも胸騒ぎがするんだよ。なあ、画像から場所を特定できないか、ヲタ森?」

「またそんな無理難題を」

ヲタ森は椅子を回転させてフロイトを見上げると、目を細めて、ため息をついた。一応ポーズを取ってはいるが、無理難題を押しつけられるほど燃えるタイプであるらしい。その証拠に、ヲタ森の目には自信と闘志が漲《みなぎ》ってきた。そしてフロイトは、そんなヲタ森の操縦に長《た》けているのだった。

「ヲタ森ならできるだろう? 時間と光線と、背景に映り込んでいる山の稜線から割り出せば」

案の定ヲタ森は得意げにニヤリと笑った。それを見て、「あっ」と、あかねも声を上げた。

「今度はなんだよ」

「その写真、枝豆さんにも見てもらいましょうよ。それが心霊スポットかどうか」

「心霊スポットは御嶽山の近くだったね?」

言いながらフロイトがヲタ森を見下ろすと、

「へいへい」

と、ヲタ森はまた椅子を回転させて、パソコンに向かった。

「じゃ、御嶽山の周辺にしぼって位置情報を確認するので、フロイトは太陽の位置を割り出してくれますか？　俺は画像を補正して、背景にある山を御嶽山周辺のものと照合してみますから」

フロイトは、「やったね」と言うようにあかねに笑った。

「あかね君は写真を確認してもらって」

「はい」

パンのことなどすっかり忘れて、あかねは自分のパソコンに向かった。枝豆さんに連絡すると、すぐ既読がついて、返信がきた。

——やっぱりあったんだ——

記憶にある心霊スポットに間違いないかと訊ねてみると、

——すみません。似ている気はしますけど、昔はこんなジャングルじゃなかったし、でも、たぶん同じ建物だと思います。理由は、塔に見覚えがあるのと、あと、奥に御嶽山の煙が見えているから。どこなんですか？　ここは——

「それが……まだわからないのよね……」

独り言を言いながら、確認できたら連絡しますと打ち込んだ。そしてあかねは、

「枝豆さんは、似ているって言っています」

と、フロイトに告げた。

「マッド・モランには『裏』がある……か」

パソコンを操作しながらフロイトは答える。何か考えているようでもあった。

「場所がわかったら、行ってみようか。そこまで」

しばし後、フロイトはそう言ってあかねを見た。

「え、私ですか？　それとも三人で？」

「二人で、だよ。俺は留守番」

背中を向けてヲタ森が言う。

「言ったよね？　ヲタクはコミュ障で、フィールドワークに向かないの。俺が行って何かの役に立つと思っているんなら、ペコの考えは間違っている」

コミュ障をそんなに自慢するかと思いつつ、あかねは楓花の写真を眺めた。

折り重なる緑が美しい場所ではあるけれど、隙間から見える建物はやはり不気味だ。

楓花はどうして写真を送ってきたのだろう。彼女はいま、そこで何をしているのだろう。ヲタ森が作ったマッド・モランの動画は恐ろしいものだったし、マッド・モランに追い詰められて憔悴《しょうすい》したユカリさんの風貌も鬼気迫るものだった。なのに、その夢を恐れていたはずの楓花が一人でこの場所へ行った理由がわからない。

カーテンのない研究室の窓には、大学の森が透けている。考え事をしながらぼんやり森を眺めていると、突然、窓に人影が映った。手のひらがガラスに貼り付いて、あっと思う間に消え去った。

「わぁ、あれ」

「またか、今度はなに」

ヲタ森が腰を浮かしたとき、誰かがドアをノックした。

あかねとヲタ森は顔を見合わせたが、フロイトは冷静に「どうぞ」と、言う。

入って来たのは鮮やかな花柄のワンピースを着たお婆《ばあ》さんで、ツバ広の帽子を被り、赤いローファーを履いている。お婆さんは持っていたレジ袋を手近なデスクに置くと、

「これね。今日の残り物だから、今夜中に食べてちょうだい」

と、誰にともなく言った。あかねはその声に聞き覚えがあった。

「おばちゃん食堂の、タエちゃん？」

「そうよ」

タエちゃんはすまして答えた。三角巾に割烹着の時とは全然違って、私服のタエちゃんは、どこかのマダムのようだった。

「ちょっと来ない間に、ここも随分研究室らしくなったじゃないの。予算もないのに頑張ってるね」

電光石火の早業でタエちゃんのレジ袋を漁りつつ、ヲタ森が、

「ほぼ俺の私物だけどね」と答える。

「梅おにぎりは？」

「入れておいたよ。三つばかり」

タエちゃんはそう言うと、空いている椅子に勝手に座った。

「それで先生、こないだの夢の話なんだけど」

パンをふたつも食べたのに、ヲタ森は、さっそくおにぎりに食いついている。

「よく太りませんね。そんなに食べて」

小声で文句を言ったのに、

「俺の胃袋は四次元につながっているからね」

と、ヲタ森は平気な顔だ。

「先生が話していた悪夢と直接関係ないかもしれないけれど、幼児教育科の学生から面白い話を聞いたんで、お知らせにね」

「幼児教育科ですか？」

フロイトは両足で椅子を漕《こ》ぎながら、タエちゃんのはす向かいまで行った。

「そう。民話とか、伝承とか、怪談とか、そういうのを子供たちに語り聞かせるために収集編さんしている研究室の先生ね、知ってる？」

「いえ……この大学は、変わった研究室が無数にあるから」

フロイトが言うと、

「まあ、ここが最たるものだけどねえ」

と、タエちゃんは笑った。

「で、先生たちが作った夢ね、ほら、怖いものに追っかけられて森の建物に逃げ込むっていう。あれって変な臭いがして、泥だらけになるんだろ？」

「マッド・モランのことですね」

「そう。それによく似た民話があるって」

「民話？　どこの？」

タエちゃんはどや顔で人差し指を振り、花柄の布バッグから紙を出した。

「頼んでコピーしてもらってきたよ、これ。古い郷土誌なんだって。もちろんそっくりじゃないけれど、ちょっと怖い話でね」

あかねとヲタ森も席を立ってのぞきに行く。紙には『信濃国《しなののくに》の怖い話』とタイトルがあり、古臭い挿絵が描かれていた。

「どんな話なんですか？」

フロイトが本文を読む横で、あかねはタエちゃんに訊いてみた。

「子供向けの夜話よ。長雨のあとに現れるオバケの話」

「本文を読むと、そのオバケを『へんびさ』と呼ぶみたいだね」

フロイトが註釈《ちゅうしゃく》する。

「へんびさ？」

と、あかねは言って、ヲタ森と視線を交わした。

「聞いたことないオバケです。妖怪の仲間かな？」

「しとしと雨が降り続く夜、その地方の人たちは、枕元に草履を置いて眠るんだって。そうして、それが来る時は、腐った土の臭いがする」

タエちゃんが言う。

「マッド・モランと同じですね。腐った土か、爬虫類みたいな臭いがするって、楓花さんが」

「臭いだけじゃなくて、うなり声もするんだって」

「まさか。ふぅーう、ふぅーう、は、は、は。ですか？」

訊きながら、二の腕にサーッと鳥肌が立った。

「どどんごどんご、ざーわざわ。だったかな。雨の後には『へんびさ』が来るから、いつでも逃げ出せるよう準備を整えておきなさい。そして兆候を知ったなら、村中に声を掛ける決まりになっている。ところが村に怠け者がいて、『へんびさ』なんかいるはずないと思うのね」

その後をフロイトが続けた。

「ある晩、彼は臭いを嗅いで声を聞く。ところが村の掟《おきて》を破り、酒を飲んで寝てしまうんだ」

「あー、いるいる。いつの時代もそういう野郎が」

ヲタ森はシャツの裾から手を突っ込んで、お腹のあたりをボリボリ掻いた。

「それで？　その人はどうなったんですか？」

フロイトがコピー用紙をペラリとめくる。

「男も畑も村さえも、一切合切『へんびさ』に呑み込まれてしまったそうな。とーんとおしまい」

「あれ？　森の中を逃げ廻るのと、白い建物に逃げ込む件は？」

あかねは天真爛漫《らんまん》に首を傾げた。

「この民話で男は追いかけられないし、建物に逃げ込んでもいない。でも、『へんびさ』と呼ばれる化け物の描写はマッド・モランに似ているね。あと、民話の出所が信濃であること。ここが一番興味深いよ」

「音羽楓花が送ってきた写真が御嶽山の近くだったと仮定すると、マッド・モランは、地域の伝承から想起されたとも言えるってことか」

フロイトに続いてヲタ森が言う。またも梅干しの種をしゃぶっているらしく、喋るたび、種が歯に当たってコロコロと鳴る。

「御嶽山って、信濃なんですか？　木曽でなく？」

不思議に思ってあかねが訊くと、彼女以外の三人は顔を見合わせ、少しだけ間を置いてからフロイトが言った。

「御嶽山は長野県木曽郡木曽町と、岐阜県高山市、下呂市にまたがる活火山なんだよ」

「えっ」

と、あかねは声を上げ、自分のデスクに駆け戻って、マッド・モランの調書をとったメモを持って戻って来た。

「木曽って長野なんですか？　それで、大滝村も木曽なんだ？　それじゃ、これ」

ページを開いてフロイトに示す。

「マッド・モランを見るという、ユカリさんって二十三歳の大学生ですけど、この人は小児喘息で、お祖母ちゃんの家で暮らしたことがあるそうです。場所は大滝村の樫ノ木沢ってところで、それに、枝豆さんこと下条真由美さんの実家も木曽です」

「つながったかもしれないね」

フロイトは笑顔を見せて、タエちゃんに礼を言った。

「ところでタエちゃん。今日はどうしておめかししてるの？」

タエちゃんは花柄の布バッグを優雅に閉じると、立ち上がってワンピースの裾をはらった。

「そりゃ先生、デートだからに決まってる。それじゃみなさん、ごきげんよう」

ニッコリ優雅に微笑むと、タエちゃんはプレハブ小屋を出て行った。

「あのばあちゃんって、いくつだったっけ？」

誰にともなくヲタ森が訊き、

「七十過ぎだと思います」

と、あかねが答える。フロイトは、すでにパソコンの前にいた。

「あかね君。悪いけどマッド・モランを知る人たちにもう一度連絡を取って、その人たちが木曽と関係あるか調べてくれないか。行ったことがあるか、知り合いがいるか、興味を持ったか、御嶽山に登ったことがあるか、『へんびさ』の民話を知っているか……とにかく、木曽に関係していたかどうかを」

「わかりました」

「ヲタ森は廃墟の位置をできるだけ絞って。太陽の動きは、今そっちへメールするから」

「へいへい」

この日もアルバイトの時間ギリギリまで作業して、あかねは夢科学研究所を後にした。深夜近くまで働いて寮へ戻るとき、ヲタ森にメールで聞いてみたけれど、楓花はついに、何の連絡もしてこなかったらしい。

5　フィールドワーク

日曜の朝は好きなだけ寝坊する。顔も洗わず、ごはんも食べず、何時までだって眠っていい、とことん惰眠を貪る至福の一日。月曜早朝から土曜の夜まで精一杯頑張って、「明日は寝坊できるんだ」と思うとき、大袈裟ではなく生きている喜びを実感するのだ。

けれど、その日曜日。あかねはフロイトの緊急呼び出しに起こされた。

爆睡中だったのでしばらくは目も開けられず、夢と現《うつつ》を行き来しながら、鳴っているのが本物のスマホだとようやく理解して手に取った。

あろうことか、時刻は午前四時過ぎだった。

「はい……もしもし……？」

寝ぼけた声で電話に出ると、

「あかね君？　風路だけど。今、学生寮の下にいる」

と、声が言う。熟睡モードの頭では状況を把握できずに、

「はあ」

と、間の抜けた返事をした。

「……随分早いんですね、教授。ごくろうさまです」

ご苦労様は目上が目下をねぎらう言葉だとも知らず、あかねは言った。

「今からフィールドワークに出るから、すぐ来てくれないか。荷物は何もいらないから」

「はあ」

もう一度生返事をして、言われたことを反芻《はんすう》する。そして、ガバッと飛び起きた。

「ふえ……今からって……今からですか？」

部屋の時計をガン見する。四時十三分になっていた。

「寮のバス停前にいるから。十分あれば来られるよね？」

寝起きの髪と寝起きの顔がどんなにひどいか、自分が一番わかっている。他人様《ひとさま》の前に出られる造作まで手を入れるには、相応の時間と努力が必要なのだ。何よりも、あかねは今、タンクトップとルームパンツで、顔も洗っていなければ、寝起きのトイレも済ませていない。

「え、え、なんで？　そんな話になってましたっけ？」

「いや。そうじゃない。緊急なんだ。じゃ、十分後に」

「え、ちょっと教授、フロ」

フロイトは通話を切った。

「イトって……うそ……」

ベッドに腰掛けたまま、あかねはガシガシ両目をこすった。四時十七分になっていた。


Tシャツにデニムパンツ、すっぴんにメガネ、梳《と》かしただけのピンクの髪に大きなマスクという出で立ちで、あかねが寮を出てみると、バス停に一台のバンが駐《と》まっていた。ボディには未来世紀大学のロゴマークと、大学名まで入っている。フロイトは運転席にいて、あかねを見ると、にこやかに手を上げた。

助手席に乗り込んで、あかねは顔も上げずに「おはようございます」と言った。寝起きで瞼《まぶた》の腫れた顔を、どうして人前に晒《さら》せるだろうか。

「突然呼び出して悪かったね。ヲタ森はどうしても買い出しに行くってきかないものだから」

「なんの買い出しですか?」

「中古のパソコン部品だよ。日曜日に入荷するから、開店前から店の前で張り込んでいるんだ。古いパーツは入荷した時しか手に入らないからね。あかね君、風邪？」

大きなマスクを見て言うので、

「そうじゃないです」

抗議の気持ちを込めて答えた。

「女子に十分で支度して出てこいって、教授はひどくないですか？　顔洗って着替えるだけで精一杯で、作画の時間もありませんでした」

「作画の時間って？」

「顔ですよ顔。顔の造作ですよ、まったくもう」

フロイトはポカンと口を開け、それから、「ごめん」と、苦笑いした。

「いつもヲタ森と一緒だから、いろいろと気が回らなくて……」

心からすまなそうに頭を下げるので、

「もういいです」と、あかねは言った。

「こんな時間に、どこへ行くんですか？」

「木曽だよ。ヲタ森が音羽さんの写真から廃墟のおおよその位置を推定してくれたんだ。片道五時間近くかかるから、どうしても早く出なきゃならなくて。隣で眠っていてもいいからね」

「そう言われても、冷たい水で顔を洗っちゃったから、今は眠くありません」

「そうだよね」

フロイトはまた笑う。先ずは中央道へ。それから甲府へ向けて走りながら、フロイトは、廃墟の近くで聞き込みをして、場所を特定したいのだと言った。

「ヲタ森がネットをくまなく検索したけど、例の廃墟に関する情報はヒットしてこなかったんだ。ネットがなかった頃の情報は、今さら調べようもないしね」

「だから現地で直接聞き込みをするんですね」

「そういうことだ」

幸いにも空はきれいに晴れて、爽やかに風が薫っていた。

木曽についてあかねが知っていることといえば、観光情報誌で見る宿場町の景観と、木曽漆器と呼ばれる民芸品くらいだ。木曽路を訪ねたことはもちろんないし、どうせ行くならディズニーリゾートやお台場のほうがずっと楽しい。それでも新緑の木曽路に心は浮き立っていたし、楽しみでもあった。助手席から空を仰いでいるうちに、マッド・モランの廃墟のことなどすっかり頭から抜け落ちて、木曽の古い町並みや、山や、川や、それに、

「五平餅」

と、声に出してあかねは言って、マスクを外した。すっぴんでも、自分の顔は自分で見えないから、どうでもいいやと思えてきたのだ。

「木曽って、五平餅で有名ですよね？」

フロイトは「え？」と驚いた顔をあかねに向けて、「そうかもね」と、静かに答えた。

「一度食べてみたいと思ってたんです、五平餅。うわあ、楽しみだなあ」

まるっきりドライブに行くかのように体を揺すると、フロイトは首の後ろを掻きながら、ため息交じりに小さく笑った。

「そうだね。じゃ、どこかで食べよう。現地へ行けば売っていると思うから」

随分長いこと走ってから、道の駅でトイレ休憩を取り、焼きたての五平餅とお茶で朝食にした。五平餅は餅ではない。潰したごはんを串に練りつけ、炭火で炙《あぶ》ってこんがり焦げ目をつけてから、甘味噌だれやクルミだれを塗りつけた郷土料理だ。薄い小判形で手のひらほども大きさがあり、素朴で懐かしい味がする。

「なんか、お祖母ちゃんを思い出して、泣きたくなるような味ですね」

ベンチで五平餅を頬張りながら、あかねは目を潤ませた。

「そうか……あかね君のお祖母ちゃんは、亡くなってどのくらい経つの？」

「お祖母ちゃんは元気です。思い出して泣きたくなるっていう、ただそれだけで」

串の両端を指先でつまみ、あかねは五平餅をどんどん食べる。味噌だれの甘さと辛さが絶妙で、しかも程よく焦げて香ばしいものだから、とても一本じゃ足りない美味しさだ。先を急ぐフロイトにクルミだれもねだり、あかねはおかわりを持って助手席に座った。

高速道路から見る景色も山と緑が濃くなって、風にそよぐ新緑がまばゆい。こんな景色を眺めながら五平餅を食べられるなら、貴重な睡眠時間を削られた怨みを水に流してやってもいい。

ヲタ森の検索によれば、太陽の角度や山の稜線の形状などからして、廃墟はやはり、木曽町ではなく大滝村にあるらしい。村の東に御岳湖《おんたけこ》という湖があって、温泉、スキー場、ゴルフコースや別荘地なども近い風光明媚《めいび》な地域のようだ。

「ピンポイントで場所の特定ができているわけじゃないから、村の人をつかまえて、廃墟のことを聞き込んでいくしかないんだけどね」

フロイトに言われて、ここへ来た目的を思い出す。いい具合にお腹が満たされ、今になって眠くなってきた。窓を開けると風が緑の匂いを含んで、都会のそれとは全く違う。空気が甘いという言葉があるが、このことなのかとあかねは思った。眠気覚ましに夢サイトの確認をしておこうとスマホを出したが、電波の状態がよくないようで、ネットに上手くつながらない。

「やっぱり山が多いからでしょうか」

操作しながらブツクサ言うと、

「今日くらいはネットから離れたら？」

と、フロイトが笑う。

道の両脇はどちらも山で、豊満に葉を茂らせた木々が覆い被さるように枝葉を伸ばし、緑のトンネルを行くようだ。山の端を抜けてくる太陽が葉に当たり、とりどりの色に透けている。山肌にチラチラと白く揺れる葉っぱを見つけて、

「あの白いのはマタタビの葉だよ」

と、フロイトは言った。

「マタタビって、猫が好きなヤツですか？」

「そう。旅人がその実を山で見つけて食べれば、『また旅ができる』と、言ったんだって」

「だからマタタビ？　ただのダジャレじゃないですか」

「江戸の駄洒落は粋のうちだと教えたろう？　そろそろだと思うんだけど……」

木曽町を過ぎた頃から、道路脇を川が伴走するようになった。渓流なので岩は多いが、水が冷たく澄んでいるのが遠目にもわかる。淵《ふち》では水が翡翠《ひすい》のような色をしている。

「見て下さい教授、川の水がエメラルドブルーです。メチャクチャきれいなところですね」

窓から身を乗り出してあかねは言った。コンタクトを着ける暇がなくてメガネで来てしまったけれど、おかげで車の風に当たっても涙が出ずに、景色がよく見える。道はほとんど崖と川に挟まれていて、平地が少なく、山と山とのわずかな隙間に家々がへばりつくように立っていて、集落ですら見通せるほど面積が狭い。御岳湖という湖も、実際に目にしてみると細長い川のようだった。取り囲む山が深すぎて、平らな湖が出現できるだけのスペースがないのだ。前も後ろも、右も左も、繁茂する樹木が茫々《ぼうぼう》と互いに揺れ集う様は、マッド・モランを連想させた。

「結局、マッド・モランの正体は何なんでしょう……」

最初に楓花のメールを読んだときは、おさびし山の雪女よろしく、シーツを被った茶色いオバケを連想していたけれど、深い山々を眺めていると、熊か、山姥《やまんば》か、はたまた大蛇か、あるいはもっと巨大な狒々《ひひ》のような化け物じゃないかと思えてくる。

そいつは古くから山にいて、自分の森に侵入してきた人間を襲うのだ。しとしと雨の降る真夜中に、暗い森を駆け下りて、逃げ遅れた人を丸呑みにしてしまう。そんな想像が膨らんで、あかねはブルンと頭を振った。そういえば空気が冷えてきた。森はさらに濃さを増し、そそり立つ山肌に削られて太陽の光も届かなくなり、山の匂いが肺に突き通るほど濃くなって、集落も、家々も、すっかり影を潜めてしまった。

「なんか淋しい感じになってきましたよ。これ以上先へ行ったら、人に会えなくなっちゃうんじゃないですか？」

心配になってあかねが言うと、

「そうだね」

と、フロイトもバックミラーをのぞいた。

「ここはもう大滝村だ。集落を見つけたら、とりあえず車を止めようか。これ以上行くと、御嶽山に着いてしまいそうだから」

車のすれ違いもままならなそうな狭い道を行くことしばし、御岳湖を見下ろす場所に集落があって、畑でカブの手入れをしている人がいた。寄せるほどの路肩もないのだが、フロイトはなるべく畑に寄って車を止めた。

「こんにちは」

声を掛ける前に、村人はもうこちらを見ていた。

ツバヒロで首の後ろまで日除《ひよ》けがある農作業用の帽子を被り、カラフルな割烹着に黒い腕抜きをして、もんぺを穿いている。

スタイルからは年齢がまったくわからないのだが、その人は畑の中に立ったまま、

「はいよ、こんにちは」と、頭だけ下げた。

フロイトが車を降りたので、あかねも一緒に助手席を出る。畑は道路に沿って細長く、後ろに山がそびえている。濃い針葉樹の緑と、畑に生え出たカブの若葉のコント

ラストが美しい。

「少し伺いたいことがあるんですが」

離れた場所から意思の疎通を図るのは難しいと思ったらしく、相手は数歩近づいて来たが、またそこで足を止めてしまった。フロイトが粘り強く声を掛けると、相手は握っていた雑草を地面に放して、手についた泥を払った。渋々という感じで寄って来る。ようやく少し顔が見えると、六十がらみのおばさんであることがわかった。

「お忙しいところを、すみません」

フロイトが頭を下げるたび、あかねも一緒にお辞儀する。

「やいやい、帽子と違うのかい、たまげたね」

しみじみとおばさんが言うのは、あかねのピンクの髪だった。あかねは両手でメガネを持ち上げて、それからサササッと髪を直した。

「おんしらはどっから来たの？　どこ行くの？」

「ぼくたちは埼玉の私立未来世紀大学夢科学研究所の者ですが、今日はフィールドワークに来ていまして」

「そんな難しいこと言われてもな」

笑われたので、コホンと小さく咳払いしてから、フロイトは頭を掻いた。

「二十年くらい昔、このあたりの森に、塔を持つ白い建物がありませんでしたか？」

ツバヒロの帽子に隠れて表情はよく見えないが、「さあてね……」と、言ったまま、おばさんはしばし固まって、「ほいでそれがどうしたの?」と、訊いてきた。

「ぼくらは夢の研究をしているんですけれど。あの、夢というのは眠っているときに見る夢です。大学で夢を収集する中で、共通して怖い夢を見る人たちがいることがわかってきて……」

「その夢に出てくる建物が近くにあると、木曽出身の学生に聞いて来たんです」

あかねもフロイトを補足した。おばさんは考えているようだった。

「二十年も前ってば、オラホのニイマがまだ学生の頃だわね。はて……」

「建物の形状が洒落ているので、病院とか、ホテル、それとも教会か、学校か」

「そんなんは、なかったと思うがねえ」

「別荘とか、ペンションだったかもしれません」

おばさんは腰を伸ばして背中を叩いた。

「別荘は、ないこともないけど、こっからは離れているんで、わかんないねえ」

「そうですか……」

ありがとうございましたと頭を下げながら、廃墟の場所を探すのは、けっこう厳しいかもしれないとあかねは思った。車に乗ろうとドアを開けると、おばさんは急に手をあげた。

「あのさ、こっからちょっとばか戻ったへんに役場があるから、そこで訊きなさったらどうだいね？　休みでも、誰かかんかござっしゃると思うで」

「だれかかんかござっしゃる？」

口の中でつぶやいて、あかねはなんとなく意味を取った。誰かいるに違いないと言ったのだろう。

感謝を告げて、車を戻す。役場は集落の下にあり、作業服の老人たちが、庭木に水を撒《ま》いていた。さっきのおばさんとまったく同じで、駐車場へ入っただけで見慣れぬ車に注目してくる。エンジンを切って外へ出ると、老人たちは、ほぼ全員がこちらへ体を向けていた。

「あかね君の髪、注目度抜群みたいだね」

隣に来ながらフロイトが言う。

あかねは丸めてポケットに突っ込んでいた使い捨てマスクを、また掛けたくなってきた。

「すみません。ちょっとお訊ねしますけど……」

一番近くにいる老人にさっきと同じ質問をすると、男女合わせて八人ほどが草むしりの手を止めて、フロイトとあかねの周囲に集まってきた。

「やいやい。そりゃ、ほんまもんの髪の毛なんかいね？」

腰の曲がったお婆ちゃんが不思議そうに訊いたので、あかねは髪を引っ張りながら、

「そうです。カツラじゃないですよ？　ちゃんと地毛を染めたんです」

と、説明した。

「なんだかまぁ、綿アメみたいな色だのぅ」

「オレはまた、赤頭《あかがしら》でも被っとるのかと思ったわ」

「そんな頭で山ん中におると、狒々に間違われて撃たれっちまうぞ。気をつけねぇと」

「やいやい、おんしはよかろうよ。頭染めようにも、つるっつるだで」

そう言って、老人たちは「わはは」と、笑った。

「あの、それで……森の中に立つ白い建物について知っている人はいないでしょうか？　たとえば病院とか、学校があったとか」

両手で髪を押さえながら、あかねはおずおずと訊いてみた。

「学校なんぞ知らねえなあ」

「そもそも、このへんでおっきな病院つったら、木曽病院くらいしかねえもんよ」

「病院ではなかったのかもしれません。教会か、別荘とか……」

「そういや、木曽病院ったらさ、こないだ下沢の婆さんがさぁ」

老人たちはあかねの話などろくに聞かず、好き勝手に話し始めた。

「あっ、そうだ」

あかねは声を上げてスマホを出した。音羽楓花が送ってきた写真とヲタ森が再現した風景画を、保存していたことを思い出したのだ。

先ずはヲタ森の風景画を呼び出して、表示する。

「こんな建物なんですけど」

老人たちの真ん中に入っていって画像を見せると、目を細めて確認しながら、彼らは口々に好きなことを言った。

「ハイカラな家だがねぇ」

「こんなのただの絵じゃねえか」

あまり反応がなかったので、あかねは楓花が送ってきた写真も出した。

すると老人たちはピタリと黙り、もっとよく見ようとスマホを引き寄せた。

「後ろに見えるのは御嶽だよなあ。山の形からすると、清滝のへんか」

「どれどれ……」

代わる代わるにスマホを引き寄せ、ためつすがめつ確認する。やがて腰の曲がったお婆ちゃんが、

「それは、あれじゃないかいねえ」

と、首を傾げた。

「ほれ。東京の、ええと……なんとかいう、子供の……」

「あーあ」

別の老人が拳を打った。

「あれか。あの、ええと……なんてったかな……」

「知っているんですか？」

あかねは思わずフロイトを見上げた。ロイドメガネに陽《ひ》が当たって表情は見えないが、フロイトは微かに頷いた。

「病院というか、ま、そんなようなもんだいね。この先に樫ノ木沢ってところがあって」

「樫ノ木沢」

それはユカリという大学生が、幼い頃、喘息の治療のために住んでいたという場所だ。

「近くに、清滝、新滝って、滝がふたつある。御嶽山へ行く修験者が、身を清める滝だがね」

「建物はその近くにあったんですね？」

フロイトも会話に入って来た。老人たちはそれぞれに記憶があるらしく、「ほら」とか、「あの」とか、互いに囁《ささや》き交わして止まない。

「なんで今さら、そんなことを調べているんです？」

そのうちに、役場の作業着に帽子を被った男性がひとり声を上げ、首に巻いたタオルの端を両手で引っ張るようにして進み出てきた。七十代で細身だが、筋肉質でガッチリとした体型だ。どうやら、老人たちをまとめるリーダーらしい。

「それね。その建物ならば、もう随分と長いこと、使われていないと思いますがね。おまえ様がたは大学の研究で、いったい何を調べているんで？」

「睡眠時に見る夢の研究をしているのです。住所も環境も違う複数の人が同じ悪夢に悩まされている件について、調査の過程でこの建物のことを知りました。彼らの夢には、共通してこの建物が出てくるんです」

「どこにあるのか、場所を教えて欲しいんです」

あかねも言うと、リーダーは首のタオルで鼻の頭を拭いた。

「もう、道だってないと思いますがね」

「でも、この写真を送ってくれた子は、現地へ行ったはずなんです」

あかねは彼に詰め寄った。老人たちの様子から、廃墟がなにがしかの事情を抱えているらしいことが想像できる。だからこそ、さらに楓花のことが心配になってきた。

「どうだかなあ……あっこへは……まだ行けるんかなあ……」

眉間に縦皺を刻んで、リーダーは独り言のようにつぶやいた。

「いやね。建物自体は二十年どころか、大昔から山ん中にあったんですよ。当時はサナトリウムといって、結核の療養所だったところです。後に東京の人がそこを買って、病気の子供たちを治療しながら寄宿学校みたいに使っていたようですが……」

「サナトリウム……そこで病気の子供たちを、ですか？」

老人たちはもの言いたげに互いを見つめた。

「病気でない子もいたよねぇ？」

「せっちゃん家の下の子が、小さいとき、ちっとだけ預かってもらったって話だったが」

「詳しい話は知らないねえ。車はけっこう来ていたけどね」

「だってさ、あそこの衆は、オラヤタとはろくに付き合わんかったもんで」

訴えるようにお婆ちゃんが言う。

「寄り合いにも出ねえ。祭りにも出てこねえ。葬式あっても顔見せねえ」

「買い物だってなんだって、村じゃなく、わざと他所《よそ》から運ばせていたっけね」

「隣町のスーパーだって聞いたこんがあるわ。なんだっけな、ほら」

「きりばん屋じゃなかったかいね？　国道沿いの」

「そうそう。たしかそうだったよ。いっこくでなぁ」

リーダーが、みんなの話をまとめてくれた。

「建物の持ち主は、地元の衆とはまったく交流をもたなかったんですわ。だから、どんな子供らがどんな病気を治療していたのか、わからない。そんなわけで、詳しいことはわかりません」

「建物には正式名称があったのでしょうか？　わかりませんか？」

「わかりませんなあ。土砂崩れで、今はもう、跡形もないんじゃないですか？」

「土砂崩れ？」

廃墟の床は泥だと言った楓花の言葉を思い出す。たしか、枝豆さんも同じことを言っていた。心霊スポットは泥だらけだったと。

「このへんじゃ『じゃぬけ』と言いますが、どこがぬけてもおかしくないような土地でして」

その場所が心霊スポットと呼ばれた理由を聞かされたようで、あかねは背筋が寒くなった。フロイトを見上げると、彼も唇を引き結んでいる。

「それは廃墟になってから？　それとも犠牲者が出たのでしょうか。誰か亡くなったとか？」

フロイトはリーダーに訊いた。

「もちろんですわ。大人もですが、子供も何人か。オレも消防団で捜索に入りましたがね、泥ん中から子供を引っ張り出すのはウィですよ」

「んだから、あっこには誰も近づかねえの。ぎゃらしいわ、おっかねえわで」

お婆ちゃんが首を振る。そこには今も浮かばれぬ魂が漂っていると言わんばかりだ。

フロイトは根気強くお年寄りたちを説得して、廃墟へ行く道を訊ねた。

「面白半分で行くようなとこじゃねえんだよ。あんなとこに近づいて、また騒ぎになるようなことは、しなんでおくれな」

他の老人たちからも釘《くぎ》を刺されて、

「友人の痕跡だけ調べたら、すぐに立ち去ります」

と、フロイトは約束した。

「ありがとうございました」

あかねも深くお辞儀して、車で役場を後にした。駐車場を出て細い道を曲がり、彼らの視界から消えるまで、老人たちは身を寄せ合ってこちらを見ていた。

教えられた場所へ向かう途中、あかねは運転中のフロイトに代わってヲタ森に電話した。電波の状態が不安定なので、通話がつながった場所で車を止める。路肩に寄せて駐車してから、フロイトは電話を代わった。

「ヲタ森。調べて欲しいことがある」

御嶽山へ通じる観光道路だからなのか、チラホラと車の往来がある。ナンバープレートを確認すると、地元外の車が多いようだ。

「過去にこの辺りで、子供が犠牲になる地滑り災害があったらしいんだが、詳細を調べてくれないか。時期はよくわからない。十数年か、二十年近く前かもしれない」

ヲタ森に指示をしてから、フロイトは電話を切った。

「電波がよくないから返事が来るまで少し待とう。ヲタ森がすぐ検索してくれるはずだから」

「はーい」

手持ち無沙汰に自分のスマホを開いてみると、夢サイト宛てにメールが来ていた。

『マッド・モランは茶色い大蛇だ』と語っていたKキャンパーさんからだった。

「教授。被験者からメールが来ています」

それは追加調査の回答だった。タエちゃんから『へんびさ』の民話について聞いた後、対象者全員に、『へんびさ』の話を知っているか確認を取ったのだ。


——Re：お問い合わせの件　送信者：Kキャンパー

前略。ご質問にお答えします。

正直言って驚きました。小学生くらいだったと思うのですが、夏休みにキャンプに行って、そこで聞いた気がします。ただし、『へんびさ』は昔話や民話ではなく、遊びですよ。

子供が手をつないで輪になって、真ん中に『へんびさ（鬼？）』が座って、「しーり、しーり、なんとかかんとか」と、唱えながら、周りをグルグル廻るんです。

あまり文章が上手くなくてすみません。唄のようなものを言いながら廻ります。かごめかごめとか、そんな感じ？　それで、誰かが（何というのか忘れました）と、かけ声を掛けると襲って来る、だったかな？　詳細は忘れてしまったのですが、すごく怖かったことは覚えています。

夏休み後半はツツガムシにやられて高熱を出して、入院していたんじゃなかったかな。余計な話ですがw　いちおうこんな感じです。

あと、ぼくが木曽と関係あるかという話ですが、その時キャンプしたのが木曽だったかもしれません。それでは失礼します――

「この人ですよね。マッド・モランは大きい蛇だと言ったのは」

メールを読んでいるフロイトに、あかねは言った。今では自分の記憶力もまんざらではないと思うようになっていた。

「へんびさは遊び。か……」

フロイトはつぶやいて、あかねにスマホを返してきた。メガネを外して丁寧に拭く。

「真ん中に鬼がいて、グルグル廻って、襲って来るって、『あぶくたった』に似てますね。あれ、怖かったですよね……んーっと、どんな唄だったっけ？」

あかねが首を傾げると、

「あーぶく立った、煮え立った」

と、フロイトは囃した。

「煮えたかどうだか食べてみよ」

「むしゃむしゃむしゃ、まだ煮えない。そうだ、そんな歌詞でしたよね」

「うん。『かごめかごめ』と『鬼ごっこ』を足したような遊びだね。真ん中に鬼を置き、子供たちが囃し立てながら周囲を廻る。煮えたものを食べて、『もう寝ましょ』と寝静まった真夜中に、鬼が扉を叩くんだよね」

「そうでした。『トントントン』『何の音？』『風の音』でしたっけ。あれ？　その前に、隣のおばさんに時間を聞くんじゃなかったでしたっけ？」

「そう。『隣のおばさん今何時？』『夜中の二時』『トントントン、何の音？』そんなふうにして、ジワジワと恐怖を煽《あお》っていくところが、子供たちを夢中にさせるのかもね」

「へんびさも、そういう遊びのひとつでしょうか」

「確かにね。地域性というか、初めに『へんびさ』の民話があって、そこから派生した遊びなのかもしれないなあ。そんな遊び、ぼくは初めて聞いたけど」

「私もです」

標高が高いせいなのか、開け放った車の窓から入って来る風は涼しいというより寒いくらいだ。その風が密集する木々を揺らして、サワサワ、ザワザワと鳴っている。道路にはほとんど外灯もなくて、見渡す限り森ばかりだ。こんな場所で、もしも、子供の頃に怖い話を聞かされたり、怖い遊びをしていたならば、トラウマになるんじゃないかとあかねは思う。それが悪夢の正体だろうか。

間もなくヲタ森から電話が入り、過去に起こった土砂災害について、検索結果を知らせて来た。

「俺は全然知らなかったけど、結構なニュースになったみたいで、新聞記事が見つかりました」

と、ヲタ森は言う。あかねも話を聞けるよう、フロイトがスピーカーフォンに切り替えた。

「発生は二十一年前の夏ですね。災害当日は晴天でしたが、一週間ほど降り続いた雨で地盤がゆるんで、樫ノ木沢近くの山間部が崩落し、民間経営の子供用医療施設が土砂に埋まって、看護婦と職員の大人二名、子供三名が犠牲になったと書いてあります」

「民間経営の子供用医療施設って？」

「社団法人・光里《ひかり》の家という施設です。年齢からいって、当時の院長はすでに亡くなっているんじゃないのかな。伊藤宗昭《むねあき》という人物ですが、名前で検索してみたら、都内の総合病院で小児科の医師をやってた頃の名簿が見つかりました。妻の綾子《あやこ》を理事長にして、喘息やアレルギー疾患、重度の障害を持つ子供なんかを、空気のきれいな場所で治療する施設だったみたいです。新聞によれば事故当日は十名の子供たちが預けられていたようですが」

「今も存在するのかな。光里の家は」

「潰れたと思いますね。事故後の記録がヒットしてこないから。それか、名前を変えて営業しているか……」

「犠牲になった子供たちの年齢は？　わかるかな」

「わかりますよ。当時の新聞に書いてるんで……えっと、立野あやみちゃん六歳、今井令人《のりと》くん九歳、あと、大杉汐音《しおん》ちゃんが一歳三ヶ月ですね」

「一歳三ヶ月って、まだ赤ちゃんじゃ」

痛ましさに、あかねは思わず顔をしかめた。自分は二十二歳だから、汐音ちゃんが生きていれば同年齢の大学生になっていたはずだ。

「そんな小さな子まで預かっていたってことは、設備が整った病院だったのかな」

フロイトが首を傾げる。

「汐音ちゃんは見舞いに行った母親に連れられていただけです。土砂崩れが起きたのは午後六時頃。一帯は土砂災害警戒地域に指定されていたために、光里の家では独自に警報装置を設置していたようですが、機能しなかったと書いてます。ちょっと調べてみたんですが、警報装置とはいうものの、原始的な構造で、土に挿した棒の先に紐をつけて、地盤に変化があれば音が鳴るような仕組みだったみたいです。俺的には、野生動物が悪戯したら、すぐ機能しなくなると思いますがね」

「なるほどね」

ご苦労さんとフロイトは言って、電話を切った。シートベルトを締め直してエンジンを掛け、また山道を上って行く。道の両側で木漏れ日がキラキラ光って、風に針葉樹の匂いがする。

「楓花さんが廃墟へ行ったのは、その施設を知っていたからなのかしら？」

「そうかもしれない」

「やっぱりキャンプに来たとかですかね？　それとも旅行に来ていたのかも。ここって、いちおう観光地ですもんね？」

「御嶽山は山岳信仰の聖地だし、木曽路を含め下呂《げろ》温泉から開田《かいだ》高原までは、けっこう人気のスポットだからね。ただし、あのお祖母さんにそんな気持ちがあればだが」

お祖母さんがよほど冷たい人だったのか、フロイトは旅行説には懐疑的だ。

「旅行先で『へんびさ』の民話を聞くというのも変ですもんね」

「音羽さんが悪夢を見るようになった頃は、各地で土砂災害が起きているよね。ニュースで目にしたショッキングな映像が潜在記憶を刺激して、マッド・モランを生み出した可能性は否定できないと思うんだ」

「他の人たちも同じでしょうか。災害ニュースの映像が子供の頃のオバケの記憶と結びついた？」

「うーん……でも、それだけじゃ弱いかなあ。激しい恐怖を感じるには」

ハンドルを切りながら、フロイトはうなる。

「人間の記憶は常に書き換えられるものだから、怪談話や怖いゲームが悪夢の原因になることがあったとしても、継続的に同じ悪夢に悩まされるとは思えないんだよ。人間は長期間のストレスには対処できないからね」

「まあ、たしかに」

助手席で、あかねは膝を抱えてみたが、道路がくねくねしているので体が左右に振られてしまい、上手くバランスがとれなかった。早朝からずっと車に揺られているので、そろそろお尻も痛くなってきた。あとどれくらいだろうと思っていると、フロイトはチェーン脱着所を見つけて車を止めた。

「廃墟はこの奥らしい。昔は車で行けたみたいだから、それらしい道を探してみよう」

アスファルトで地面を固めた脱着所は、生い茂る木々で日陰になって、そこここに落ち葉が吹き溜まっている。あかねとフロイトは車を降りたが、周囲に道らしきものはなく、熊笹や雑木の生い茂る藪と森が見えるばかりだ。

「夢科学研究所の周りも藪だけど、森の匂いが全く違うんですね」

あかねは深呼吸した。なんというか、木々の匂いで肺が洗われるような気持ちがする。いっそのこと肺の空気を入れ換えてしまおうと息を吐き、もう一度深く吸い込んだとき、

「あれ？」

と、あかねは鼻をこすった。

「どうした？」

脱着所を歩き回っていたフロイトが振り返る。

「なんか、お線香の匂いがしたような……」

改めて藪を見渡すと、アスファルトと森を隔てる側溝の中に、線香の燃えさしが落ちていた。

「教授。誰かお線香を焚いた跡があります」

フロイトはやって来て側溝をのぞいた。落ち葉や枯れ草が積もった中に、数本の線香の燃えさしが残されている。側溝の先は藪と森だが、そのつもりで確認すると、幅三メートルに満たない部分だけ、植生が違うようにも見える。フロイトはしゃがんで熊笹の根元を覗き、「人が歩いた跡があるね」と、言った。

「楓花さんでしょうか」

「そうかもしれない」

言いながら、頭の天辺から足の先まであかねを見る。早朝に叩き起こされたあかねは半袖Tシャツにデニムパンツ、スニーカーという軽装だ。

「え……なんですか？」

フロイトは無言で車に戻り、後部座席のドアを開けた。

「これから藪に入るけど、半袖は危険すぎる。あと、スニーカーも感心しない。こうした場所には笹ダニがいて、刺されると厄介だからね」

「笹ダニ……ですかっ」

ゾッとしてあかねは飛び上がった。フロイトのほうはハイネックシャツを着込んでいるし、履いているのも登山靴だ。彼はジャンパーを羽織ると、車から緑色の布を引っ張り出した。

「そう笹ダニ。噛まれると頭が皮膚に食い込んで、病院で引っこ抜いてもらうほかない。星形の痕が残ってしまうし、なにより病原菌を媒介することがあるからね。先ずはズボンの裾を靴下の中に入れるんだ。隙間からダニが侵入してこないように。あとは、これ」

薄くて伸縮性のある緑色の布を、あかねのほうへ差し出してくる。

「なんですか？　これ」

「ヲタ森の私物を拝借したんだ。クロマキー用のオールインワンタイツ。これなら首も頭も保護できるから、服の上から着るといい」

クロマキーとは不必要な画像を緑色で消去して、そこに背景などを合成する映像手法をいう。渡されたものを広げてみると、それは頭の先から爪先まですっぽり入る全身タイツで、クロマキーでこれを着用すれば、顔だけが中空に浮かんだように見えるという代物だ。

「これを着るんですか？　私が？　やだー」

フロイトは大まじめな顔で頷いた。

「ダニに刺されるよりいいだろう？　マダニが媒介する病原体は死亡例もあるんだよ。さっきメールをくれた被験者は、ツツガムシにやられて入院していたと言っていたよね。ツツガムシもダニの一種だ。刺されると潜伏期間をおいて高熱を出し、発疹《ほっしん》がでて、重症化すると死に至る」

「でも……」

「ちょっと見せようか？」

渋っていると、フロイトはスマホを出した。笹ダニにやられて発疹のようになった患部と、無数に食らい付いたダニのせいで、もはや鱗《うろこ》も見えなくなった蛇の写真をあかねに見せる。血を吸って膨らんだダニの気持ち悪さといったら。

あかねは即座にタイツを着込んで、フードを被り、顔だけ出した。

「じゃ、行こうか」

と、軍手を渡しながらフロイトは言い、顔を背けて口を覆った。

「あっ、笑った。教授、今、笑いましたよねっ」

笑わない笑わないと言いながら、フロイトは藪の中へ逃げて行く。

「ひどい。私、これでも年頃女子ですよ？　先に言ってくれればジャンパーくらい着て来たのに」

ブツクサと文句を言いながらフロイトの後を追っていく。いざ森の中に入ってみると、ヒョロヒョロとした雑木の頼りなさや幹の細さが、かつて道だった場所を示している。踏みしだかれている笹もあり、楓花が通った痕跡のようだ。

「あかね君、これ」

と、フロイトが言うので足を止めると、雑木の中に茶色く塗った丸太が一本立っていて、平らに削った表面に文字が彫られていた。

「社団法人・光里の家って、書いてある」

「うん」

フロイトは先を見た。数メートルほど奥で、森が明るくなっている。無言で歩き出すフロイトを、あかねはまた追いかけた。かつて道だった場所に道はなく、細い枝振りの雑木やノイバラが繁殖しているので、先を行くフロイトのジャンパーに引っかかった小枝が弓のようにしなって直撃してくることがある。適度な間を空けながら、時々立ち止まって足下を確認すると、笹ダニが砂粒のようにくっついている。そのたびバタバタと飛び跳ねながら、見た目はともかく、ヲタ森の全身タイツを着てよかったとあかねは思う。

さらに少し歩いたところで、フロイトがあかねを手招いた。追いついてみると、森が突然割れている。道がふつりと切れて谷になり、抉《えぐ》れた斜面の奥に、太さの揃った針葉樹が林立している。谷が深いので、向かい側の樹《き》に見下ろされているようだ。谷底には剝《む》き出しの岩がゴロゴロしていて、二十年も経つというのに、崩落の痕跡がありありとわかる。

フロイトは下方を指さした。そこに土溜まりのような場所があり、生え出た草が小山になっている。横倒しの木々が新しい枝を縦横無尽に伸ばす様は、整然とした針葉樹の森が、そこだけひしゃげているかのようだ。ひしゃげた樹木の中には、斜めになった塔がある。今でも白さを残す建物が土に埋もれている様に、あかねは背筋が寒くなった。九百人もの若者たちが憑《つ》かれたように命を落としたというタエちゃんの怖い話を思い出したのだ。ここで起きたのは自殺ではなく自然災害なのに、なぜそんなことを思い出したのか、わからない。

「もともとこの辺りにあった建物が、土砂であそこまで流されたんだ。下りないと」

フロイトはメガネを外した。大切な形見の品だから、落としてはいけないと思ったのだろう。ロイドメガネをポケットにしまうと、振り向いてあかねに手を差し出した。

「気をつけて。滑るかもしれない」

間違いなくお姫様対応のエスコートだが、哀しいかな、あかねは全身クロマキー用の緑タイツだ。軍手をはめた手をフロイトに伸ばし、遠慮なくガッチリつかんで進む。山のどこかでウグイスが、ケケケ、ケキョケキョケキョッと、あかねを嗤《わら》った。

足下も覚束《おぼつか》ない斜面を下りることしばし、ようやく建物まで辿り着くと、フロイトは手を放して再びスマホを取り出した。画面で楓花が送ってきた写真を確認する。

「あ、そっくり。楓花さんは、ここで写真を撮ったんですね」

見比べて、あかねは言った。樹形、廃墟、遠望する御嶽山の稜線まで、楓花の写真そのままだ。フードを脱いで髪を掻き上げ、あかねは手の甲で汗を拭った。

マッド・モランの廃墟が目の前にある。生い茂る下草と雑木の隙間から、ヲタ森が再現した夢そのままに、土砂に埋もれた階段と、暗い入口が見えている。建物は傾いて埋もれ、折れた窓枠が地面に刺さり、絡みついた蔓草が塔の先端まで葉を茂らせている。建物はもともと塔を軸にしたT字形をしていたようだが、土砂に押し流されて塔部分が母屋と切り離されてしまったらしい。地面にはビニール様の容器や布の切れ端がのぞいているし、枝に結ばれて色褪《いろあ》せた規制線テープが今も風に揺れている。二十一年前の夏にここで起こった惨劇を思うと、やっぱりあかねはゾッとする。

「ちょっとここで待っていて」

そう言うと、フロイトは森に入っていった。

あかねを残して建物の周囲を一巡し、各所で写真を撮り終えてから、フロイトはようやく元の場所まで戻って来た。額の汗を拭ってため息をつき、「待たせたね。じゃ、中に入ってみようか」と、言う。

「教授。ここを見て下さい」

待たされている間、あかねも玄関前を探っていた。そして土砂に埋もれた階段の前で、あるものを見つけていた。草の生え出た土砂は所々に岩石が突き出しているのだが、その上に線香の燃えさしが残されていたのだ。

「ここでもお線香を焚《た》いた人がいるみたい。なぜだろう。楓花さんかな？」

しゃがんで線香の燃えかすを確認すると、フロイトはポケットをまさぐってメガネを掛けた。

「かもしれないね。彼女は……」

それから傾いた入口を見上げ、

「そうか……そういうことだったのか……？」

と、つぶやいた。

「音羽さんは、ドアの形や入口の形状を、ほぼ正確に夢で見た。つまり、この光景を知っていたってことになる。『この』光景を……」

フロイトは言葉を切ると、しゃがんだ位置から写真を撮った。

「行こうか」

と、あかねを立たせる。

あかねには、フロイトが何を言いたいのかわからなかった。実在の廃墟を前にしてみれば、細部が明確に見える時点で夢のそれとは感じが違う。想像で映像を補う余地がないから、白日の下でオバケ屋敷を見るような白々しさがあるのだ。

役場で出会った老人は、消防団で捜索に加わったと言う。その言葉通りにドアは地面に捨てられて、ボロボロに朽ちてしまっている。建物は土台ごと傾いて、基礎の一部が剥き出しになったまま、泥で地面に固定されているのだった。

「ここは電波がよさそうだから、もう一度楓花さんに電話してみます」

あかねはスマホを取り出した。

「私、気が付いちゃったんです。あの時、楓花さんは電話に出なかったんじゃなくって、出られなかったんじゃないのかなって。ここは所々で電波が悪いですもんね。たぶん写真を送ってすぐに、また山道を下りたんですよ。だから通信できなかった」

「それは考えられるね。でも……」

家に帰ってからだって、返信できたはずだろう？

フロイトが言いたいことはわかっていたが、あかねは無視して先を続けた。

「絶対にそうですよ」

得意満面で言いながら、楓花に電話をかけてみた。自分たちの努力や、特にヲタ森の情熱が、楓花に軽んじられたと思いたくはなかったからだ。

すると、森のどこかで着メロが鳴った。

二人は驚いて視線を交わし、フロイトが頷くのを待って通信を切った。着メロは鳴り止んで、再び楓花に電話をかけると、また、どこかで着メロが鳴り出した。

「そのままで、切らないで」

泥に埋もれた階段などひとまたぎにして、フロイトは廃墟へ駆け込んだ。

スマホを持ってあかねも続く。

入ってすぐはエントランスホールになっていた。凝った意匠の天井や梁《はり》、彫刻が施された飾り縁や、アイアン製の照明などが、当時のままに残されている。楓花の夢を再現したとき、夢に出てくるアンティークチェアを、ヲタ森は大正時代のものだと言った。その言葉通りに、建物はモダンクラシックな趣を持っていた。壁も柱も傾《かし》いでいるが、床は泥に埋もれて平らなため、平衡感覚が混乱してくる。歪《ゆが》んだ空間を脳が補正しようとするためか、軽い目眩《めまい》に襲われるのだ。

床に積もった泥は所々に掘り返された痕跡があり、ホールを飾っていたであろうテーブルや椅子や照明器具、高級そうな磁器などが、無残に壊れて散らばっている。シミで汚れた壁紙は、楓花がヲタ森に再現させたとおりに、薄緑色の縦縞ゴシック柄だった。その壁に掛かっていたはずの額は床に落ちて壊れていたが、無残に絵具が剝落した風景画は、描かれたモチーフを辛うじて留めていた。被験者の一人が夢に見たとおり、サナトリウム時代の建物外観を描いたものだ。

湿った泥の床に足を踏ん張って、あかねは風景画の写真を撮る。土産としてヲタ森に持ち帰ってあげるつもりだった。エントランスホールから奥へ向かう廊下は、入口にアーチ形の凝った装飾が施されていた。天井には高価な照明器具の土台だけが、蜘蛛の巣を絡めて張り付いて、両側に同じ大きさの部屋が並んでいる。土砂で押し出されたらしきアンティークチェアが半分泥に埋もれていて、楓花が夢で見たとおり、座面に臙脂色《えんじいろ》の布が張ってあった。

森から吹き込む風に乗り、着メロの音が聞こえている。

楓花と自分が見えない糸でつながれているようで、スマホを持つ手に汗が滲んだ。

破壊された壁板の残骸、布様の何か、陶器の破片や岩石などが、山になったり突き出ていたりする床を、あかねは焦りながらもゆっくり進んだ。足場が悪く、死んだ動物の臭いがする。室内はすべて斜めになって、自分がまっすぐ立っているのか、傾いでいるのかわからなくなる。船酔いのように感じて吐き気がしたとき、着メロの音はプツリと途絶えた。

「私、電話を切ってません」

どこかへ姿を消したフロイトに叫ぶと、

「わかっている」

と、声がして、二つ奥の部屋から姿を見せた。

「ここで廊下が折れているんだよ。音はそっちでしていたみたいだ」

そう言う彼の表情が、引きつっているようだ。

なぜだろう。わけのわからない恐怖が足下から這い上がって来て、あかねは無性に泣きたくなった。心霊スポットだから幽霊がいるとか、死人の出た場所だから怖いのだとか、本当にマッド・モランが襲って来るとか、たぶんそういうことではないけれど、肺の裏側に恐怖が蟠《わだかま》っているようで、情けなくも全身が震える。こんな震えを感じたことは、今までなかった。スマホの通信を切るのも忘れて、あかねは、再びどこかへ消えたフロイトを追う。

左右の部屋をのぞいてみると、安っぽいベッドが積み重なって置かれていた。土砂《さ》で流されたというよりも、行方不明者捜索のために誰かが積み上げた感じだった。錆びた点滴スタンドにヘクソカズラが絡んでいるので、やはりここは病院だったのだと思う。フロイトが言うとおり、長い廊下の真ん中に右へ折れる廊下があって、谷側に傾斜しているようだった。廊下は土石流で分断されて、どん詰まりにあったであろう両開きのドアが草地の向こうに流されて、大岩や、折れた丸太が建物の間を埋めている。フロイトは丸太を乗り越えて切り離された別棟の前まで行くと、両開きドアの前で足を止めた。

「……あかね君」

やけに冷静な声で言う。ゆっくりあかねを振り返ったが、風がフロイトの髪を乱して、吊り上がった目がほとんど見えない。

「はい？」

「それ以上、来ちゃいけない。音羽さんが死んでいる」

「え」

ソレイジョウ、キチャイケナイ。オトバネサンガシンデイル。

「……え？」

それいじょう、来ちゃいけない。おとばねさんが死んでいる。

フロイトが何を言ったか理解するのに、数秒かかった。引き千切られた建物の前で、彼は、拒絶するような手をこちらへ向ける。前髪のせいで誠実な瞳が見えないし、引き結んだ唇が、知らない誰かみたいによそよそしい。

あかねはスマホを両手で握り、廊下のこちらに立ちつくした。

オトバネサンガシンデイル。おとばねさんが死んでいる。音羽さんが死んでいる。

「音羽さ……楓花さん……うそ……」

ふぅーう、ふぅーう、は、は、は。ふぅーう、ふぅーう、は、は、は。

ああ、まただ。臭いがますます近づいてくる。ドブのような、ヘドロのような、腐った樹木の臭いがしてくる。あれの姿はどこにもないが、凄まじい気配が迫ってくる。

助けてだれか、あれがくる。私はもがき、全霊で叫ぶ。だめだめだめ、だめだめだめ。こっちへ来ないで。声は出ない。

その瞬間、何かが覆い被さってきて、私は床に呑まれていくのだ。

楓花の相談メールの一節を、あかねはなぜか思い出す。

目の前にいるはずのフロイトが、幻のように思えて来る。

なんて酷《ひど》い臭いだろう。マッド・モランの廃墟の臭いは。

なんて酷い光景だろう。パースが狂いまくった光里の家は。

あかねはガクンと膝を折り、泥だらけの廊下に尻餅をついた。フロイトと自分の間には建物を貫く森があって、裂けた天井から青々と空がのぞいている。頭の中が真っ白で、それなのに、ぽろりと涙が頬をこぼれた。わけもわからず、自分ではどうすることもできないままに、涙は次から次へと湧き出して、とめどなく溢《あふ》れ、頬を濡らした。わずか遅れて悲しみや淋《さび》しさや、胸が張り裂けんばかりの激情が追いかけてきた。

うそ……うそ……そんなの嘘だ。

黒い服を着ていた楓花さん。ゆるやかにウェーブした長い髪の楓花さん。女優さんみたいにきれいなくせに、雑草がおやつだったと教えてくれた。マッド・モランの謎を解き、ゆっくり眠りたいと願っていた。

喘《あえ》ぐように泣きじゃくりながら、これはきっと、楓花さんの悲しみなんだとあかねは思った。楓花さんの、それとも死んだ子供たちの、もしかして、マッド・モランの悲しみなのかもしれないと。

6　へんびさいごく早よ逃げまい

その後どうやって学生寮まで戻ったのか、あかねはまったく覚えていない。高熱を出して寝込んでしまい、月曜の講義は欠席し、コンビニのバイトも休んでしまった。何度か鳴った着信音にも応答せずに眠り続けて、ようやく思考が戻って来たのは、火曜の昼過ぎのことだった。飲まず食わずだったので起き上がるとフラフラしたし、頭もぼんやりしたままだった。

トイレをすませて洗面所の鏡を見たら、蒼白《そうはく》になった顔にピンクの髪が逆立って、ロウソクのような自分が映った。あまりにひどい頭だと思ったら、ふいにまた、泣けてきた。

これじゃダメだと熱いシャワーを浴びて、シャワーから直接お湯を飲んで、また泣いた。寝すぎと泣きすぎで瞼が腫れて、大きな目は半分ほどの細さになった。バスルームを出て洗面所の蛇口から直《じか》に水を飲み、ようやくスマホを確認すると、ヲタ森とフロイトからの着信履歴が複数回残されていた。ＳＮＳでも連絡してきたらしく、警察が事情聴取に応じて欲しいと言っていると書かれていた。


夕方、夢科学研究所に現れたあかねは、髪を真っ黒に染めていた。大きなマスクにメガネを掛けて、着ている服はジャージだった。ブルーシートの下にはダニだらけだったクロマキー用の全身タイツと迷彩柄のパンツが干してあり、その暴力的な色彩にはダメージすら感じた。

「うわ〜、何が来たかと思ったら、ペコだよね？」

ノックして中に入ると、デスクから半分腰を浮かせてヲタ森が言った。

「てか、どうしたよ？　大丈夫だった？」

「全然大丈夫じゃありません」

背中を丸めて床を進み、あかねは自分の椅子にペタリと座った。上半身をデスクに預け、閉じたノートパソコンを枕にした。うつろな目をフロイトに向けると、フロイトは立ったまま、哀れむように苦笑した。

「連絡がつかないから、心配していたんだよ」

「なんか……熱出して、寝てました」

「食事は？　二キロくらいやつれた感じに見えるけど」

「全然お腹が空かないんです」

かすれた声で答えると、ヲタ森が寄って来ておでこに手を当てた。

「熱は下がったみたいだけどな。水分は？」

「シャワー浴びたときに水飲みました」

「あー」

頭上でヲタ森の声を聞きながら、白衣のフロイトを眺めていると、また涙が溢れてきた。どうしてこんなに泣けてくるのか、あかねにはまったくわからない。

「あーあー、ほらほら」

声と一緒に数枚のティッシュが降ってきた。あかねは伏したままティッシュを拾い、マスクとメガネの隙間に突っ込んで涙を拭いた。フロイトが椅子を引き寄せて、あかねの正面に腰掛ける。

「涙はストレス物質を排出するから、泣けるだけ泣くといいよ。あんな思いをさせて悪かったね。ずいぶんショックを与えてしまった」

そう言うからには、やっぱり『あれ』は本当にあったことなんだ。と、あかねはぼんやり考えた。眠りすぎたせいなのか、何もかも現実感がなくて、まだ夢を見ているようだ。

「木曽中央警察署から何回か電話があったけど、あかね君の調子が悪そうだったから、こっちから連絡すると伝えてある。簡単な事情を聴きたいという話だったけど、概ねぼくが答えてあるから、確認する程度だと思う。焦る必要はないからね」

バタンとドアの閉まる音が聞こえたが、あかねは体を起こさなかった。不調にも拘わらずここへ来たのは、フロイトとヲタ森の顔を見たかったからかもしれない。顔を見て、声を聞いて、安心したかったからなのだ。きっと。たぶん。

真っ白なティッシュに顔を埋《うず》めて、あかねはそっと目を閉じた。そしてそのまま眠りに落ちた。数分か、数十分か、それとも一瞬だったのか。

目を開けると、ヲタ森がこちらをのぞき込んでいた。

「わ、なんですか、ビックリするじゃないですか」

今度はガバリと体を起こした。メガネが半分ずり落ちて、マスクの紐がほっぺたに食い込む。

「おっ、起きた。ペコ、メシ食うか？」

「メシ？」

握りしめていたティッシュをゴミ箱に入れてメガネを直すと、目の前にマグカップ入りのおかゆがあった。ほんのり湯気が立つおかゆにはプラスティックのスプーンが挿してあり、薄桃色で平べったいアーモンドのような物体が載っている。

「ヲタ森が買って来たんだよ。温めてあるから、冷めないうちに」

甘いお米の匂いに微かな梅の香りが混じって、凍結していた胃袋を刺激する。マスクを外して、スプーンでひと口おかゆを食べると、お米の糊《のり》が舌をなめらかに覆って、体の芯からホッとした。お祖母ちゃんとお母さんに、両側から抱きしめられている気分。優しさと温かさが食道を流れて、体中が『空腹だった』と、訴えた。

「どう？」と、ヲタ森。

「おいしいです」

あかねはスプーンを動かした。体が求めていた味だ。ただのお米がこんなに美味しいなんて知らなかった。ひと口ひと口が力に変わって、活力が漲って来るような気分だった。薄桃色の物体は塩辛くて酸っぱくて、梅の花の香りがする。あっという間にカップの中身を空にして、

「ごちそうさまでした」

と、あかねはヲタ森に頭を下げた。

「メチャクチャ美味しかったです。特に真ん中にあった薄桃色のやつ。なんですか？あれ」

ヲタ森は唇の片側をグイッと上げた。

「天神さん」

「げ」

ヲタ森が種を舐め回していたのを思い出し、あかねはたちまち口を押さえた。

「安心しろって。タエちゃんに頼んで種だけもらったヤツだから」

「あかね君のために学食まで行ってくれたらしいよ？　コミュ障なのにね」

フロイトが補足すると、ヲタ森は空になったマグカップを取って、とっととシンクへ洗いに行った。おかゆと一緒に経口補水液も買って来たらしく、封を切ってフロイトが渡してくれる。

「ありがとうございます」

なんだか心がほっこりして、日曜日に遭遇した恐ろしい事実を、ようやく認める勇気が湧いた。人肌の経口補水液をコクンコクンと飲みながら、自分の心に確かめる。

大丈夫？

大丈夫。

それからマスクをかけ直し、椅子に正しく座り直した。

「光里の家で、楓花さんはどうなっていたんですか？」

勇気を出して訊ねたとたん、森の匂いやその他の臭いや、廃墟のビジュアルが押し寄せてきたが、瞬きすることで持ち堪《こた》えた。真実から逃げちゃいけない。楓花さんは私たちに助けを求め、私たちと一緒に原因を探って、私たちに廃墟の画像を送ってきたんだ。楓花さんは私たちの仲間だったんだから、と、心の中で自分を励ます。

フロイトはメガネを外した。カップを洗い終わったヲタ森が、その後ろに立っている。やや吊り上がった目であかねをじっと観察してから、フロイトは言った。

「光里の家の建物は、おそらくT字型をしていたと思う。はみ出した部分に塔があり、本体と廊下でつながっていたんだろうね。土石流の直撃を受けて塔は本体と切り離されて、あの日ぼくが立っていた場所が、一階部分に当たるんだろう」

あかねはコクンと頷いた。

「その部分だけど……床は完全に埋まってしまって、天井の一部が辛うじて見えるくらい。一メートル半程度の隙間しかなかった。塔へ上る階段も、入口部分が埋まっていた」

想像してみようとしたが、上手くいかない。しっかり想像してしまったら、そこに横たわる楓花の姿を、生々しく感じて耐えられないと思うからかもしれないが。

「音羽さんはその隙間で俯せになっていたんだよ。俯せで、ボロボロのぬいぐるみを抱いていた。ビーズの目がひとつ取れて、片方の目だけになったクマだった。たぶんあそこで拾ったんだ。廃墟にはぬいぐるみがあったと、枝豆さんも言っていたしね。近くには彼女のバッグがあって、携帯電話も入っていた。呼び出し音が切れたのは、電池が切れたからだと思う」

「ほんとうに……」

と、あかねは訊いた。恐怖でかすれた声だった。

「……死んでいたんですか？」

フロイトは裸眼で頷いた。実直で思い遣《や》り深い瞳の色だ。

どうして死んでいるとわかったんですか？　倒れていただけじゃなかったんですか。

どんな顔で。どんなふうに……。

そうじゃない。そんな残酷な事実を知りたいわけじゃないんだと、あかねは考えを整理した。知りたいのは、楓花さんがなぜ死んでしまったかということだ。訊きたいことは山ほどあるのに、上手く言葉にできる気がしない。自分を見つめるフロイトの瞳を、あかねはただ見返した。

「それですぐに警察を呼んだ。覚えているかい？」

あかねは首を左右に振った。それから後のことは、まったく覚えていないのだ。もう一度大きく頭を振ると、フロイトは、そっとあかねの腕を押さえた。

「いいんだ。何も心配いらないよ。無理に思い出す必要はない。脳が心と体を守ろうとしているだけだから。そういうことは普通にあるし、異常でもなんでもないんだよ」

面と向かってそう言われると、別のことが不安になった。自分は記憶を失ったのか。たしかに、楓花が死んだと知ってから目覚めるまでの記憶がほとんどない。数時間も掛けてあの場所へ行ったというのに、帰りの記憶も、寮に戻って来たことも、何ひとつ覚えていないのだ。

フロイトは「大丈夫?」と、優しく訊いた。

「大丈夫です……と、思うけど……ショックで……」

「そうだね。ぼくもショックだったよ。電話して、警察が来て、その場で事情を訊かれたんだよ。ぼくの免許証と、あかね君の学生証、両方の控えを取られて、あとでまた聴取に応じて欲しいと言われ、了承した。あかね君は、しっかり気丈に答えていたよ」

「私がですか」

「そうだよ」

フロイトはニッコリ笑った。

「帰りの車で、きみはずっと泣いてた。なぜもっと早く音羽さんを見つけてやれなかったんだろうって。ぼくも同じことを考えた。何かできることがあったのに、それを怠ってしまったせいで彼女を死なせてしまったのじゃないかと」

あかねの目に、また涙が溢れてきた。涙はポロポロと頰を転がり、次々にジャージに落ちてシミを作った。

「けれど、はっきり言っておく。あかね君は精一杯のことをした。もちろんぼくも、ヲタ森も」

あかねはグズッと洟《はな》をすすって、両手で交互に涙を拭いた。

「はい」

頷くと、フロイトは先を続けた。

「サービスエリアで車を駐めて、ヲタ森に電話して、佐久《さく》総合病院に入院しているユカリさんという被験者と連絡を取った。あかね君は助手席で泣きながらハンバーガーとアメリカンドッグを食べて、寮に戻ったときは眠っていた。熱っぽい顔だったから、体調が悪かったら連絡してと言ったんだけど、そのまま音信不通になって、ぼくらも心配で寮へ電話して、様子を見に行ってもらったんだよ」

「誰か部屋に来たってことですか？」

「管理人さんがね。気付かなかった？」

「いえ、まったく」

「どこまでも呑気なヤツ」

ヲタ森が首を竦めた。

「おまえさ、家族に電話しますかって訊ねたら、大丈夫ですと答えたらしいぜ？　もし、今日もペコと連絡が取れなかったら、フロイトと様子を見に行くつもりだったんだけどね」

管理人さんが部屋に来たなんて、全然、まったく、わからなかった。洋服その他が散乱している部屋の様子を思い出し、あかねはリアルな恐怖を感じた。

「ヤバかった……無理して出て来て、よかったぁ」

本心から安堵したせいか、

「それで、楓花さんはなぜ亡くなったんですか？」

今度はするりと質問が出た。人間はこんなにも図々《ずうずう》しくて逞《たくま》しいんだとあかねは思う。あの部屋に二人が来なくて本当によかった。

「わからない。警察が調べているところだよ。自殺か、他殺か、それとも事故か、そういう意味で訊いているなら、目立った外傷はなかったし、わからないというのがぼくの答えだ」

「まだニュースにもなってない。なんでもかんでも報道されるわけじゃないんだってことが、俺は今回わかったよ」

「マッド・モランを見る人は、夢に出てくる怪物に殺されるって……だから……まさか……マッド・モランに……？」

フロイトはキュッと唇を噛んだ。そうするだけで、『マッド・モランに殺されたわけじゃない』と、あかねの疑問を否定してはくれなかった。

「音羽さんのそばに枯れた花束があったんだ」

「花束って、なんですか?」

「それがなんなのか、彼女が持ち込んだのかも含め、今の時点ではわからない。線香が焚かれていたわけも」

あかねは大きく息を吸った。なにひとつわかったことなどないということだけが、わかったにすぎない。

「ぼくらが車を駐めた待避所に他の車はなかったから、音羽さんはあの場所へバスかタクシーで来たはずだよね。警察がタクシー会社に問い合わせるだろうし、駅前の防犯カメラも調べるはずだ」

「現場が山の中でもさ、そこへ至るまでの要所要所には、監視カメラがある時代だろ? それに、廃墟には携帯の電波が来てたんだよね? ペコは彼女に電話できたんだから」

「電波は、ありました」

「じゃ、写真を受け取ってすぐ、俺たちが電話したときだって、その気になれば電話に出られたはずだよね」

「え、それじゃ、楓花さんが電話に出る気がなかったか……それとも、誰かと一緒で電話に出ることができなくて、だから相手の目を盗んで写真だけ送ってきたってことですか?」

自分の居場所を知らせるために。

そうなら楓花は助けを求めていたことになるし、自分たちは、やはり間に合わなかったのではないか。あの時すぐに木曽中央警察署へ電話して、現場へ飛んでもらっていたら、もしかして。いやいや、それは無理だった。

その事実にあかねは悲しくなった。あの時はまだ、私たちの誰も廃墟の場所を知らなかったのだし、どこへ向かってもらえばいいか、警察に知らせることはできなかった。通報すべきが木曽中央警察署であることさえも知らなかったのだから。

かたや楓花が最初から電話に出る気がなかったとするならば、それは何を意味するのだろう。死因は……まさか。あかねがその先を言いあぐねていると、

「警察が調べているから」

と、フロイトはまた言った。

「警察に靴底のサンプルも提出したよね？　覚えていないか」

自分とフロイトの靴底をサンプルにして、あの場所の足跡と比べるのだろう。テレビドラマで見たことがある。地面に石膏《せっこう》を流して、自分たちと楓花さんの足跡と、その他の足跡を採取するのだ。

マッド・モランの足跡は、どんな形をしているのだろう。マッド・モランを見る人のうち、冬子さんは病死、田村純一君は飛び降りて死亡、ユカリさんは心を病んで入

院している。彼らが悪夢を見る原因は、少しもわかっていないのだ。亡くなった人たちが本当にマッド・モランに殺されたのかということも。

「と、いうわけで、ペコがくたばっている間に、俺とフロイトで佐久まで行って来たんだよね」

ヲタ森は腕組みをすると、威張ったように目を細め、鼻の穴を膨らませてどや顔を見せた。

「ヲタクのわりには頑張ったろ？」

「運転していただけだけどね。桜井《さくらい》ユカリさんとは、ぼくが話した」

「ユカリさんに会ったんですか？」

フロイトより先にヲタ森が頷いた。フロイトが続ける。

「お母さんの相談にのってあげて欲しいと言っていたね？　だからヲタ森に連絡を取ってもらって、彼女が入院している佐久総合病院へ行ったんだ」

そしてフロイトが彼女と話した。おそらくヲタ森は車を降りず、病院の駐車場にいたのだろう。それはともかく、電話したんだ……と、ヲタ森を横目で見ながらあかねは思った。見知らぬ人に電話するなんて、まっぴらゴメンと言っていたのに。

「そんな目で見るな。緊急事態だから仕方ないだろ？」

「私、何も言ってませんけど」

ヲタ森は耳まで赤くなり、コホンとひとつ咳払いした。『えらかったでちゅねー』と、褒めてやりたくなる仕草だった。

「お母さんと一緒に病室を見舞って、彼女と話をしてきたんだよ。ユカリさんは拒食症を患っているらしい」

「拒食症」

「神経性疾患のひとつだね。ダイエットだけでなく、環境、遺伝、性格、ストレス。きっかけや原因は様々だけど、ユカリさんの場合はダイエットでもなく、痩せることへの強迫観念も薄くて、まだ原因がわからないそうなんだ。ただ、マッド・モランを見ることに関しては、すごく怯えていたんだよ。やっぱり様子がおかしかったね」

「ユカリさんは、まだマッド・モランに殺されるって言ってましたか?」

フロイトは言葉を嚙みしめながらゆっくり答えた。

「いや。今は比較的落ち着いていたよ。直接会って話ができたのはよかったと思う。お母さんからも色々と話を聞けたしね。ユカリさんのお母さんは光里の家を知っていたよ」

「えっ」

「もともと山の仕事をしていたユカリさんの曽祖父が、サナトリウム閉鎖後の建物を管理していたのだそうだ。あそこは小児外来のほかに臨時託児所もやっていて、普通の託児所では預かれない病気の子供を預かる活動もしていたらしい。土砂災害のことも、知っているか訊ねてみた。

「どうでした?」

訊くとフロイトは頷いた。

「ユカリさんのお母さんは、忘れることなんかできないと言った。一報を聞いた時は、近隣市町村から大勢の人たちが光里の家へ向かったんだって。もちろんお母さんたちも炊き出しをして救援隊を支援したそうだけど、子供が犠牲になったと聞いて、痛ましさに血の気が引いたと。

土砂災害の頃、学校は夏休みに入っていたから、ユカリさんのお兄さんを含め従兄弟《いとこ》たちがみんな樫ノ木沢の実家に帰省していたのだそうだ。その日、大人たちは法事で家を留守にしていて、中学生を筆頭に、従兄弟らがユカリさんの面倒をみていた。家にはお祖母ちゃんも残っていたしね。災害が起きたのは夕方だったけど、長雨がようやく上がって、ずっと家に閉じ込められていた子供たちは外へ遊びにいった。お母さんたちが実家に戻ると、お祖母ちゃんが庭にいて、子供らがまだ帰って来ないと言ったんだって。それでもまだその時は土砂崩れのことも知らなかったし、あまり深刻に考えなかった。遅くなってから子供たちが帰って来て、どこにいたのか訊ねると、近くのキャンプ場で遊んでいたと言う。翌朝、お母さんたちは光里の家の土砂災害を知るんだけど、もしもあの時、子供たちがキャンプ場ではなく光里の家近くで遊んでいたらと思うとゾッとして、今でも動悸《どうき》がすると言っていた。

もともとサナトリウムだった光里の家は、感染を恐れて集落から離れた場所に建てられていたし、当時の携帯電話は山では使い物にならなくて、施設の関係者が山を下りて知らせに来て、建物が被害に遭ったとわかったのは翌未明のことだった。施設の近くに神社があるらしいんだけど、夜間の森は真っ暗で、むやみに動くのも危ないということで、助かった子供たちはそこに避難していたそうだ」

外灯もない山の中。神社で一夜を明かしたなんて。

「その時の恐怖がマッド・モランを生み出したってことですか?」

「マッド・モランを見る人たちが施設に預けられていて、災害に遭っていたのなら、そう考えられると思うんだ。また、もしもユカリさんが従兄弟たちとキャンプ場から戻る途中で建物が土砂に呑まれるのを見た場合、わずか二歳だったとはいえ、強烈なトラウマになった可能性はある。そこで本人と話してみたけど、ユカリさんには当時の記憶がないそうだ」

記憶がないから事実ではない、ということにはならない。だって大人の自分ですらも、楓花さんが死んだショックで記憶をなくしているんだから。あかねは痛ましい思いでフロイトの報告を聞いていた。

「封印された記憶が悪夢を生んだ可能性はもちろんあって、ユカリさんがマッド・モランに悩まされるようになったきっかけもまた、音羽さんと同じように土砂災害のニュースを見たせいかもしれない。事実、数年前にも南木曽《なぎそ》町で土砂災害が起きていて、その時はニュースを見ただけで血が凍ったと、お母さん自身が話していたしね。ただし、そうと断言してしまうには不思議なことが、ふたつあるんだ」

そう言うと、フロイトはパソコンの夢サイトを立ち上げた。

「ひとつ。マッド・モランの正体が土砂災害だとするならば、複数の人間が、森を逃げる、どこかに逃げ込む、襲われる、もしくは襲うのを見る、という同じシチュエーションの夢を見るのはなぜだろう。当時の職員の証言によると、災害時は避難する間もなかったそうだよ。土砂災害警報装置も作動しなくて、気付いたときは土砂に埋もれていたと。森を走って逃げた事実はない」

あかねは廃墟の様子を思い出してみた。

光里の家へ通じる道は、途中でザックリなくなっていた。山肌は抉れ、大きな岩がゴロゴロしていた。建物は土台ごと流されたけど、だからこそ、まだ原形を保っていられたのだと思う。流されずに土砂の直撃を受けていたなら、壁も柱も何もかもが粉々になって、犠牲者はもっと増えていたかもしれない。

「ふたつ。施設と無関係の人もマッド・モランを夢に見ている。たとえばマッド・モランは大蛇だと語るKキャンパーさんは、光里の家と接点がない。キャンプ場で『へんびさ』の遊びをしただけだ」

「楓花さんがなぜあの場所を知っていたのかも、わかっていません」

「そこなんだけどさ」と、ヲタ森。

「ジジババに預けられるまで、彼女はどこでなにをしてたの？　で、ユカリさんのママが言うように、光里の家が子供を預かる活動もしていたのなら、音羽楓花も、一時期あそこに預けられていたと考えられるんじゃないのかな」

「じゃあ、それならば」

と、あかねは顔を上げた。

「描けない画家さんに話を訊いたらどうですか？　光里の家を知っているかどうか。そんなこと言うならKキャンパーさんだって、記憶が芽生えるより昔に光里の家にいたのかもしれないし」

「俺もそう考えて、描けない画家さんにメールしてみたんだよね」

得意満面にヲタ森が言う。

は？　と、あかねは心で思った。すでにメールしたのなら、答えだけ教えてくれればいいのに。

「答えは、ほぼイエスだった」

「なんですか、その微妙なニュアンスはっ」

「神奈川県在住二十六歳フリーター描けない画家さん。自分で描けるほど鮮明に、廃墟に飾られていた絵を見ると言っていた人ね。フロイトが撮った風景画の写真を彼に送って見てもらったら」

「はいはい」

悔しいけれど、あかねは身を乗り出した。

「俺個人としては嬉しいことに、俺が再現したもののほうが、記憶に近いという返事がきた。ちなみに、廃墟の写真自体にはまったく興味を示さなかった」

「なーんだ」

と、あかねは肩を落とした。結局自慢したかっただけか、この人は。

「ペコは諦めが早すぎる」

ヲタ森は人差し指を突き出した。

「え、だって……」

「物事を探究する場合、角度を変えることも大切なんだぞ」

鼻の穴を大きく膨らませ、諭すように言って、ヲタ森は続ける。

「そこで、だ。フロイトが撮った本物の額に、俺の創った画像を合成して、再度見てもらったんだ」

「合成した画像がこれだよ」

フロイトはパソコンを操作して、夢サイトの再現コーナーを呼び出した。『複数人が見る同じ悪夢　マッド・モラン』のコーナーだ。クリックすると、光里の家のエントランスホールに飾られていた風景画の写真が出て来た。実際は床に落ちてボロボロだった油絵が、ヲタ森の画像と差し替えられている。実在の壁に実際の額縁を配置して、ヲタ森の絵を合成したものらしい。画角は正面からでなく、低い位置から見上げたようになっている。

「描けない画家さんは風景画の完品を夢に見るわけだから、元となる記憶は少なくとも崩落事故より前のものだね。その頃の絵は劣化していないし、傷もなく、発色も鮮明だったわけだから、印象として実物の絵に反応しなかったとも考えられるだろう？」

「え。つまり、彼が夢に見たのは、あの場所にあった実際の絵だってことですか？」

「ご明察」

と、ヲタ森はあかねに人差し指を突き出した。

「それが証拠に、今度は全身鳥肌が立ちましたと返事が来た。夢に見たのとそっくり同じだと」

「描けない画家さんも光里の家を知っていたんだよ。まだ子供だったから、下から見上げる画角で夢に見た。そう考えると、彼のマッド・モランには説明がつく」

「どういう説明ですか?」

フロイトは風景画の合成写真をあかねに向けた。

「彼のマッド・モランには追われるシーンが欠けているよね。泥だらけの床も、襲って来るオバケも出てこない。彼はヲタ森が作った映像を見て、額の絵を知っていると連絡をくれた。繰り返し夢に出てくる風景画がなんなのか、ずっと答えを探していたと」

「自分では絵が描けないと言うから、代わりにヲタ森さんが絵を描いて、施設のことがわかったんですよね」

「施設は二十一年前に崩壊したのだから、彼は五歳より小さかったことになる。見知らぬ場所へ連れて行かれて、相当不安になっただろうね」

「初めて幼稚園へ通うとき、不安になるのと同じですね」

「しかも場所は山の中。街から遠く、森は深い。風景画が飾られていたのはエントランスホールだったから、彼を連れて行った大人が施設の担当者と話す間、彼は、じっとあの絵を見上げていたのだろうね。不安な気持ちは風景画の記憶と共に潜在意識に刻み込まれて、不安を感じると夢に表出したのかも」

「わかる気がします」と、あかねは頷いた。

「だから描けない画家さんの夢にマッド・モランは出ないんですね。土砂災害には遭遇していないから」

「災害時に施設にいた子供の数は、お年寄りたちの話では十人だったということだから、高校生で亡くなった冬子さんと、調査のきっかけになった田村純一君、あと死亡した二人の児童は、同時期に光里の家にいたのかもしれないね」

「施設の子供は十人で、音羽楓花もその一人とすると、マッド・モランに悩まされる人物は、まだ他に五人もいるってか……」

ガリガリと髪を掻きながらヲタ森が言う。

「でもそれは、楓花さんたちが本当に光里の家にいたならば、ですよね？　そこはどうやって確かめるんですか？」

「そこな。残念なことに『光里の家』で検索しても、何もヒットしてこないんだよね。出てくるのはニュースだけで、ホームページもなければ利用者名簿もない。まあ、二十年以上前は、今ほどネット社会じゃなかったしね」

「当時の写真がアルバムに残っているとかは？」

言いながら、あかねは首を傾けた。

「ああ、でも、あったとしても泥の中ですもんね」

「救助活動だけやって、ほかは放置された感じだったからね。あそこに色々なものが埋まっている可能性はあるけれど、掘り返す労力が半端ないしね」

「貴重品もあるのかな。さすがにそれは掘り出したか」

宝探しにでも行くつもりなのか、ヲタ森は細い目を見開いている。

「しばらく現場へは立ち入れないと思うけど。音羽さんの件で警察が規制線を張ったはずだから」

ヲタ森に釘を刺してから、フロイトは真面目な顔であかねを見た。

「アルバムはともかく、音羽さんがあそこにいたのは間違いないと思うんだ。しかも、土砂災害が起きた日に」

「どうしてそれがわかるんですか？　一人であの場所へ行けたから？」

フロイトは首を左右に振った。

「実在の廃墟は災害後に救助活動が行われて玄関扉が取り払われていただろう？　でも、音羽さんの夢では扉が斜めになっていて、隙間から内部へ逃げ込んで行くんだったよね？」

「はい」

建物の様子を思い出しながら、あかねは答えた。

「だから音羽さんが夢に見たのは救助活動前の入口なんだよ。あかね君はそこで線香の燃えかすを見つけたね？　ぼくらはしゃがんで確認した」

フロイトはまたパソコンを操作して、ヲタ森が創ったマッド・モランの映像を呼び出した。山道を逃げていく楓花が廃墟を見つけ、入口へ向かって行くシーンだ。

「ここ」

フロイトが画像をフリーズさせたのは、泥に埋もれた階段と斜めになったドア、三角形に空いた隙間のショットだ。続いて、線香の燃えかすを確認しようとしゃがんだ位置から廃墟の入口を写した画像を呼び出した。二枚の写真を見比べて、あかねは言った。

「なんで？　ほとんど同じじゃないですか」

「そうなんだ。線香の場所から見上げたときに、もしかすると音羽さんはこれを見たのじゃないかと思って写真を撮った」

フロイトは、あかねが見やすいように写真の一部を拡大した。

「これは子供の目線の高さだ。音羽さんが夢に見るのは、小さな子供でなければ見えない景色だったんだよ」

「そういえば……」

と、思い出して、あかねも言った。

「楓花さんをここへ連れて来たとき、山の話をしたんです。彼女、雑草に塩をつけておやつにしていたって話してくれて、小さい頃に山で遊んだ記憶があるから、街よりも山が好きだって」

「光里の家のことかもね」

「楓花さんは独りっ子なのに、食べられる雑草を大きい子から教わったって。お兄ちゃんたちにおんぶしてもらった記憶があって、それが誰だったのか、ずっと知りたいと思っているって」

「なるほどね」と、ヲタ森。

「ジジババに預けられる前なら、矛盾しない推測だと俺は思うね。音羽楓花はあそこにいたんだ。ジジババのところへ連れてこられたとき、失語症だったって話だし」

楓花さんが失語症だったなんて。そんな話があっただろうか。

「ろくに言葉を喋れなかったから、お祖母さんが虐待を疑ったって、教授は確かそう言いましたよね？　失語症って、そのことですか？」

「なーんだ、ペコは記憶力いいじゃんか。ジジババはそう思ったかもしれないけれど、失語症だった可能性だってあるだろう？　土砂崩れに遭ったショックで一時的に言葉を失ったとかさ。ところで描けない画家さんも、合成画像を見たら『幼稚園』を思い出したと言ってるんだよ」

「幼稚園？」

「光里の家のことだろうね」

と、フロイト。

「だから『ほぼイエス』って言ったじゃないか。メールが来てる。自分で読んでみ？」

ヲタ森はあかねのパソコンを起動させた。

——……昨夜、睡眠中に突然思い出したのですが、ぼくは小児喘息で、年中から年長くらいの時に山の幼稚園へ通ったことがありました。親に確認してみたら、通院していた病院の紹介で木曽の幼稚園（？）へ試験的に通っていたそうです。地崩れで、今はなくなってしまったようですが。

額に入った風景画以外、ぼくの夢にはマッド・モランが出てこないのですが、追いかけられる夢を見る人の参考になるかもしれないと思って、書いておきます。

実際ぼくがそこへ通ったのは、十日程度だったそうです。

ぼくと母は民宿に泊まって、日中そこへ通っていました。フィトンチッドが免疫力を高めるとか、体を健康にしてくれるとか、なんか、そういう効果を狙ってのことでした。モダンで洋風な幼稚園だったそうなので、もしかすると、あの絵はそこの入口に飾られていたのかもしれません。実際は傾いてなどいなくて、あとで崩落事故の話を聞かされたから傾いたと錯覚したのかも。

送ってもらった写真を見たら、なんだか、急に色々なことを思い出して来ました。

幼稚園には、遊べない子と、遊べる子と、もらわれた子がいたんです。

子供だったので記憶も曖昧なんですが、遊べない子というのはベッドにいる子だったと思います。ぼくは『遊べる子』でしたけど、園には子供がたくさんいて、夕方になると、先生が怖い紙芝居（？）を読むんです。山に棲《す》む蛇が大きくなって、海へ出て竜になろうと考えて、雨降りの夜に川を下ってくる話です。それがあまりに怖すぎて、ぼくはその幼稚園が大嫌いでした。

しかもオバケの遊びまであるんです。

お遊戯室のような場所があって、大きな窓から森が見えるんですが、遊べる子が集まって、かごめかごめのように廻るんです。

『しーり、しーり、おとましり』だったかな？『ようなびやらまい、よっぴいてしまい』

意味はまったくわかりませんけど。（笑）

輪の中央に鬼がしゃがんでいるんだけど、じっと丸くなっているわけじゃなくて、くねくね動いているんです。首を振ったり、体を微妙にくねらせたりして。それで、何度か囃すうちに鬼に変身していくのがすごく怖くて、ドキドキして、小さい子なんか泣いていたように思います。大きな窓から森が見えるので、余計に怖い。（笑）

最後、輪になった子たちが『はえはえ行かんと、ひとなんと、かーんなっ』と、言うと『へんびさいごく、早よ逃げまい』って、鬼が叫んで襲って来るんです。

でも、おかしいですよね。送ってもらった写真をみたとたん、こんなことまで思い出して来るんですから。ちなみに、その遊びをググってみましたが、どこにも載っていませんでした。絵のことが解決したら、今度はそっちが気に掛かりますw
あと、ぼくは雨が嫌いなんですが、それも山の幼稚園で聞いた怖い話のせいかもしれません。関係ないかもしれないけれど……描けない画家――

「これって『へんびさ』じゃないですか」

メールを読み終えると、あかねはヲタ森とフロイトを交互に見上げた。

「俺もそう思ったから、木曽地方の方言を調べてみた」

ヲタ森が言う。

「民話を提供してくれた学部へ行って、言語学の教授を紹介してもらったんだよね。そうしたら、『へんびさ』は、『へんび』と『さ』が交じったものじゃないかって。木曽地方の方言は、男言葉と女言葉の差がなくて、男女ともに自分をオレ、自分の家をオラホ、自分たちをオラヤタと言ったりするらしい」

そういえば、役場で会った老人たちが『オラヤタ』と言っていたように思う。

――あそこの衆は、オラヤタとはろくに付き合わんかったもんで――

あれは、『光里の家の人たちは、自分たちとはあまり付き合いをしなかった』という意味だったのだ。

「さらに呼称も独特で、お兄さんをァニイマ、お姉さんをァネエマと呼ぶらしい。目上の最上級には『様』をつけるが、一段下がった呼び方がサで、これは、何々様のサマを短くしたもの。サマ、サ、マの順番で近しい関係になっていくんだそうだ」

「じゃあ、ヘンビサは、ヘンビ様がなまったものですね。ヘンビって、なんだろう？　トンビ？　焚き火？　鬼火？　あけび？」

　ヲタ森はニヤリと笑った。

「ヘンビは蛇、蛇を指すらしいんだな、これが」

「蛇様？　そうだったのね。てか、そんなの、わかるわけないですから」

「メールの囃子詞《はやしことば》を要約すると、ほぼ、こうなるみたいだ。

『しーり、しーり、おとましり』は、『しーり、しーり、気の毒だ』しーりは囃子詞だろうってさ。『ようなびやらまい、よっぴいてしまい』は、『夜なべ仕事しましょう。夜通ししましょう』って意味らしい。このへんは、『あぶくたった』と、遊びの構造が似ているようだと言語学の教授が言っていた。

『はえはえ行かんと、ひとなんと、かーんなっ』

　俺とフロイト的に一番興味深いのはこの箇所で、『はえ』は、伊那地方の方言で『もう』なんだってさ。で、『ひとなんと』は『ひとなる』の活用じゃないかと。『ひとなる』は『大きくなる』ことだそうだから、ここは、『もう、もう、行かないと、大きくなるよ、ごめんなさいね』という意味になる。最後は、『へんびさいごく、早よ逃げまい』つまり、『蛇様が動くよ、早く逃げなさい』どうなのこれは？」

今度はフロイトが先を続けた。

「あちらの方言で、『ぬけ』というのは土砂崩れや鉄砲水を指すそうで、役場のお年寄りが言っていた『じゃぬけ』の『じゃ』には、蛇という字を当ててるらしいよ」

あかねは水を浴びせられたようにゾッとした。マッド・モランは茶色の蛇だとKキャンパーさんは言う。つまり……つまり……

「マッド・モランは土砂崩れで、だから巨大な蛇の姿で夢に出てきたんですね？」

「仮説の信憑性《しんぴょうせい》が出たかもね。幼少期に遭遇した土砂災害のトラウマが、悪夢という形で表出したものじゃないかという」

フロイトはハッキリ答えた。

「高校二年で亡くなった冬子さんの死因は喘息だった。こちらは又聞きした『紺色ソックス』さんが、当時の同級生に聞き込みをして調べてくれた。冬子さんが光里の家にいたかは不明だけれど、喘息の治療であそこにいた可能性は捨てきれないと思うんだ」

「俺の方も田村純一について調べ直した。ペコが電話した専業主婦さん、気になったみたいでその後も頻繁にサイトへアクセスしてきていたから、メールを送ってみたんだよ。俺、メールするのは平気だから。そうしたら、田村純一に病歴はなかったけれど、音羽楓花と意外な共通点があることがわかったのよ」

「なんですか？　共通点って」

「両親の離婚と失語症」

ヲタ森はまた、どや顔を見せた。

「大学時代にコンパの席で本人が話したことによると、彼は小学一年生のときに半年だけ特殊学級にいたことがあって、それは五歳で両親が離婚して、ショックで一次的に言葉を話せなくなったからだったそうだ。しかも、その頃の記憶がすっぽり抜け落ちていると。失語症の原因は両親の離婚と専業主婦さんは言ってたけれど、俺とフロイトは他のことを疑っているんだよね」

「他のことって？」

「少なくとも二人の子供が失語症になるほどの何か。蛇抜《じゃぬけ》の晩にあそこで起きた怖いこと。音羽楓花、田村純一、高橋冬子が見たものね」

「マッド・モランですか？　てか、マッド・モランは土砂災害ですよね、間違いなく」

ふぅーう、ふぅーう、は、は、は。ふぅーう、ふぅーう、は、は、は。

不気味な息遣いを思い出し、あかねは二の腕に鳥肌が立った。

「光里の家の経営者に話を聞くのが一番早いけど、生きていたとしても九十過ぎだし、勤めていた職員の名前もわからないから、そっちのほうは諦めた。ネットでもやっていない限り個人情報も入手できないし、警察でもなければ追跡調査は不可能。役場には名簿が残ってるかもだけど、民間の俺らが頼んでも開示してくれそうにないからね」

「そこで。明日もう一度現地へ行くことにしたんだけど。今度はヲタ森も一緒にね」

フロイトがあかねのほうへ身を乗り出してくる。

「枝豆さんのお兄さんに会って来ようと思うんだ。ついでに木曽中央警察署で聴取に応じるつもりなんだけど、あかね君はどうする、一緒に行くかい？」

「どうして、枝豆さんのお兄さんなんですか？」

フロイトとヲタ森は視線を交わし、代表してフロイトが答えた。

「ここまでの調査で、マッド・モランには二十一年前に大滝村で起きた土砂災害が関係しているらしいことがわかってきた。被験者はトラウマを抱えながらも当時の記憶を封印した。ところが、続く災害のニュースなどに刺激されて、封じ込めていたものが悪夢として表出してしまったことは、ほぼ間違いないだろう。でもね」

フロイトは立ち上がってメガネを掛けた。鼈甲細工のロイドメガネは、渋すぎるデザインなのに、よく似合う。裸眼の彼は風路亥斗というイメージだけれど、メガネを掛けたとたんフロイトになる。

「まだ何かあるんじゃないかと、ぼくは疑っているんだよ。根拠は、マッド・モランで心を病んでしまった被験者が一律に森の中を走っていること。追われていると感じること。廃墟に逃げ込んでいること。そして襲われて目が覚めることだ。マッド・モランに殺されると危機感を抱くほど、悪夢が深刻な状況であることも」

「土砂災害のPTSDが根底にあるとしても、ここまで類似した夢を見るのは珍しいんだとさ」

ヲタ森が補足する。

「マッド・モランを見る被験者たちは、災害当時二歳から五歳、一番大きくても七歳だ。子供は心が未発達だから、大人よりPTSDを発症しやすい。現実を受け止めきれなくて、様々な障害を引き起こすんだよ。対処を誤ると自傷行為に発展してしまうこともあるし、何年も経ってから病状が現れることだってあるんだ。ユカリさんの拒食症の根底にもPTSDが関わっているのかもしれないとぼくは思う。ただ、事件当時の彼らは幼すぎて、状況を明確に覚えているとは言い難いよね。そこで、隣町の、しかも、枝豆さんのお兄さんのことを思い出したんだ。何か事情を知っていなければ、そあんな場所にひっそりあった施設のことを心霊スポットと呼ぶはずがないからね。その場所は心霊スポットとして有名だったわけじゃなく、地元の人でさえほとんど知らず、施設と親しい付き合いもなかったんだから」

たしかにフロイトと村を巡った時のことを思い出せば、あそこが有名だったとは思えない。役場にいたお年寄りたちでさえ、写真を見るまで光里の家のことを思い出しもしなかったのだ。

明日、もう一度あの場所へ行く？　どうしよう。

覚悟を決めることができなくて、あかねはデスクに向いてマウスを操作し、サイトのコメント欄を呼び出してみた。熱を出して臥《ふ》せっていた日も、サイトの常連、十歳のレンゲちゃんから夢の投稿は届いている。

——夢科学研究所のおねえさんへ

マッド・モランの動画を見たら、こわくてオバケの夢を見たよ。でも、夢の中でレンゲは強い女の人になって、剣でオバケをやっつけました。だけどホントは持っていたのが剣じゃなくって、ただのエンピツだったんだよね（ナイショ）。

おねえさんも、オバケに負けないでがんばってください。それじゃね。

・レンゲ——

「レンゲちゃん」

あかねはキュッと唇を噛むと、

――レンゲちゃん。いつもお便りありがとう。しばらくお返事できなくてごめんね。レンゲちゃんの見る夢は、しっかり記録に残しています。それと、おねえさんもがんばります――

と、メッセージを打ち込んだ。

「私も行きます。明日、木曽へ」

答えると、

「じゃ、四時ね。学長に車を借りたから。ガソリン代は借金で」

と、ヲタ森が笑う。

「耳が痛いな」

フロイトは情けなそうな顔をして、今日は帰って休んでおくようにと、あかねを研究室から追い出した。


翌朝午前四時。あかねは、ダニ除けの合羽《かっぱ》、虫除けスプレー、長靴とタオルと軍手を用意して、学生寮の下で二人を待った。昨夜はコンビニバイトもしっかりこなして、睡眠時間は三時間程度だ。目覚ましアラームで起きたあと、再び眠ってしまわないように部屋を出て、歩道の縁石に腰掛けていた。

欠伸《あくび》しながら夢サイトをのぞいてみると、管理人宛に複数のメールが来ていた。マッド・モランをサイトにアップしてからこっち、オカルト好きのユーザーから変なメールが来るようになって、管理するあかねの仕事も煩雑になった。最初は来るだけでありがたいと思っていたメールだが、あまりに量が多すぎると、読むだけで相当の時間をとられてしまう。長文を最後まで読んだあげくイタズラだとわかったときは、顔の見えない相手に文句を言ってやりたくもなる。

管理画面にアクセスすると、ハンドルネームを使っていないメールが一通来ていた。

「桜井弘子《ひろこ》？　誰だろう？」

本名を思わせる名前でメールしてくる者は少ない。あかねは桜井弘子のメールを開いた。

――先日はありがとうございました。ユカリの摂食障害の原因に、小さな頃の災害が係《かか》わっているなどとは、まったく思いもしませんでした。――

「ユカリさんのお母さんだ」

あかねはその先も確認した。

――先生からお話を伺って息子と話してみたのですが（息子というのはユカリの兄です。年が五つ離れていますので、災害当時は七歳でした）怖い夢は、息子も見ていたことがわかりました。ただ、ユカリの夢とは少し違って、遊んでいると地面が抜けて引き込まれていく夢だそうです。いつもそばにユカリがいて、ユカリが落ちていかないようにと、それが怖いと言っていました。

それで、息子はその夢を見る原因を理解しているとのことでした。

息子は現在二十八歳になっていまして、結婚して、すでに子供もおります。

二十一年前のあの日、息子は小さなユカリを連れて、従兄弟たちとキャンプ場まで遊びに行っていたのです（これは以前もお話ししました）。年長の従兄弟が当時、キャンプ場へ来る子供たちと遊ぶことに凝っていて、あの日は大人がいなかったために、面倒を見ていた下の子たちも連れて行ったようなのです。虫を捕ったり、『へんびさ』などして遊んでいるうち夕方になってしまい、家に戻ろうとしたときに、独特な臭いに気が付いたそうです。

ちなみに『へんびさ』というのは、山仕事をしていた曽祖父が考えた遊びで、あのあたりでは蛇抜といいますが、地崩れや鉄砲水のことを指します。抜けると巨大な蛇が川を下るように見えることからそう呼ぶのですが、土地の者に言い伝えられている蛇抜の前兆というものがあり、それを子供たちにもわかりやすいよう遊びの形で伝えたものです。

幼い頃から『へんびさ』つまり蛇抜の話を民話や遊びで聞かされていた子供たちは、すぐにその臭いが蛇抜の前兆だと気付いたそうです。それでも小さいユカリをキャンプ場まで連れて行ったことや、遊びに夢中になって帰る時間が遅くなってしまったことなどが後ろめたくて、大人に知らせることができませんでした。その後のことは、先日お話ししたとおりです。翌朝になって、実際に蛇抜が起きたことや、しかも犠牲者が出たことを知った子供たちは、臭いに気付いていながら、それを話さなかったことが怖くなり、秘密にしようと誓ったそうです。

二歳のユカリが事情を理解できたとも思えませんが、従兄弟に背負われて山を下って来た時の恐怖や、蛇抜の怖さが身に染みた息子の怯えた様子や、翌日から静かな村が大騒ぎになったことなどが、得体の知れない恐ろしさとなって残されていたのではと思います。息子もまた、今にして思えば、前兆を知ったからと言って自分が逃げることしかできなかったとわかるけど、ずっと罪悪感を感じていたと話しています。子を持つ身になってみればこそ、尚更《なおさら》だと。

昨日になって、先生が担当医師とも話して下さったと伺いました。ありがたいです。

このことばかりが摂食障害の原因とも言えないと思うけれども、それも踏まえてもう一度、悪夢についてもユカリと対話して下さるそうです。

この度のことは本当にありがとうございました。最初にお電話を下さった女性の方にも、どうぞよろしくお伝え下さい。研究が上手く行くようお祈りしております。

：桜井弘子――


「うそ……『へんびさ』は、ユカリさんのひいお祖父ちゃんが考えた遊びだったんだ」

物凄い発見をしたと思って、高揚した。

このことを一刻も早く報告したくて、あかねは縁石から立ち上がり、フロイトの車が早く来ないかと、右を見て、左を見て、また右を見た。すると通りの角を曲がってきたバンが、数メートル手前で止まった。運転席にはヲタ森が、助手席にはフロイトが座っている。

「なんだ。横断したいのか？」

運転席の窓を開けて、ヲタ森が顔を出す。

「や、別に、そういうことじゃありませんけど。どうしてそこで止まるんですか」

「右見て左見てまた右を見て、小学生が横断する前みたいだったからだろ」

あかねは荷物を両手に抱え、そそくさと車まで走っていった。

「おはようございます」

と、言いながら、後部座席に荷物を入れる。

「おはよう」

フロイトが振り返って笑顔を見せた。

「体調はどう？」

「はい。もうすっかり大丈夫なんで、お腹が空く空く」

「出発しますよー。シートベルト締めて下さいねー」

小学生を諭すように言って、ヲタ森が発進したとたん、あかねは桜井弘子からメールが来たことと、その内容について熱弁を振るい始めた。

「ひいお祖父ちゃんが作った遊びだったから、ネットで検索しても出てこなかったんですよ。これってすごくないですか？　初めは楓花さんからの相談メールで、それをヲタ森さんが動画にして、サイトにアップしたとたんに反響があって、建物が実在していたことがわかり、今、今、悪夢の謎が解き明かされようとしているんです。『へんびさ』って遊びは、ユカリさんのひいお祖父さんが」

「はいはい」

と、運転しながらヲタ森が言う。

「ペコはちょっと興奮しすぎ」

「だって……」

「そのメールについては昨夜の時点で確認済みなの。メールもらってフロイトがお母さんに電話して、従兄弟にも悪夢に悩まされている人がいないか確認を取ってもらっているの。山道を駆け下りて来たシチュエーション、蛇抜が起きるかもしれないって恐怖、秘匿した罪悪感なんか、音羽さんがマッド・モランに感じた恐怖に近いから」

「なーんだ……メール、もう読んでいたんですね」

「受信時間を見なかったの？　メール来たのは夕方なんだよ。昨日の夕方七時過ぎ」

その時間はコンビニでバイトしていたのだから、仕方ないじゃないか。帰ったらすぐに寝てしまったし。

あかねは、ぷっとほっぺたを膨らませた。不調だったのにバイトへ行って、寝不足なのにきちんと起きて待っていたんだから、少しは褒めてくれたっていいのに。

「ちょっと考えていることがあって、先に木曽中央警察署へ寄りたいんだけど、いいかな？」

バックミラーの中でフロイトの目がこちらを向いたので、あかねは仏頂面を引っ込めた。そして『木曽中央警察署』というワードに緊張した。もちろん覚えている。マッド・モランの始まりだった音羽楓花が、マッド・モランの廃墟で死亡したことは。

「調書を取られるんでしたよね？」

「少し時間は掛かるけど、どこかで済ませておかなければならないことだからね。今日ならぼくも一緒だし、先方へは連絡してあるから」

「でも、私、なんにも覚えていないんですけど」

「事務的な手続きだけだと思うよ。あと、それはともかく、こっちにも色々と思惑があってね」

どういう意味だろうと考えていると、後部座席の方へ首を傾けて、ヲタ森が言った。

「昨日、ちゃんと話したじゃん。今は個人情報が秘匿されているから、俺たちがネット程度で調べられることには限界があるって」

バックミラーの中であかねを見ていたフロイトも、改めて後部座席に顔を向けた。

「ぼくらが調べたことを担当警察官に話してみようと思うんだ。ぼくとあかね君があんな場所まで出かけた顚末はすでに伝えてあるけれど。それはもちろん、警察が音羽さんの死に不審を抱いた場合、客観的に見て第一発見者が疑われると思うからで」

「え？　第一発見者って、私たちのことですか？」

「ご明察」

ヲタ森はニヤリと笑った。

「私たちが犯人だと思われてるってことですか！」

「殺人なら、だよ、殺人の場合」

あかねはブルブルと頭を振った。楓花が死んだこと自体がもうショックなのに、ハッキリ殺人とか言って欲しくない。

「心配する必要はない。ぼくらがあの場所へ行ったとき、音羽さんはすでに亡くなっていたんだから。ヲタ森も、あかね君をいじるなよ」

「すみません。ペコの顔見てるとつい。おまえって、いっつも幸せそうだよね」

「顔で意地悪されるんですか？　そんなのひどいと思います」

まあまあ、と、言いながら、フロイトは真面目な声で先を続けた。

「第一発見者を疑えというのはセオリーを言ったまでのことで、話の本質はそこじゃない。つまり、ぼくたちにも、ぼくたちの欲しい情報を提供してもらう権利があるんじゃないかってこと」

「情報を？　警察に教えてもらうんですか？」

「うん。たとえば光里の家の実態についても、ヲタ森が調べてくれた新聞記事や、ネットの古い名簿から引っ張り出した伊藤宗昭という責任者の名前と、彼が医者だったことくらいしかわかってないよね？　音羽さんが本当に光里の家に預けられていたのか、病死した高橋冬子さんや田村純一君はどうだったのか。そういうことを調べる術《すべ》が、ぼくらにはない。音羽さんの死因についても、報道されない限りはわからない」

「はい」

「だから聴取に応じるときに、少しでも情報をもらえないかと思っているんだ。せめて彼女の死因と、彼女が本当に光里の家にいたことがあるかは、知っておきたい」

「そうですね」

フロイトは進行方向へ向き直った。

「ぼくは音羽さんのお祖母さんと会っている。すごく残念なことだけど、あの人が音羽さんの死の真相に拘《こだわ》るようには思えなくてね。だからやっぱり、ぼくらが真相を知っておかなきゃと思うんだ。夢サイトにメールくれたのがたまたまだったとしてもだよ、大学まで足を運んでくれて、夢の可視化に協力してくれて、最期に送ったメールの宛先がぼくらだったことを思うと……」

「フロイトは責任を感じすぎなんですよ」

ヲタ森は言った。

「いくら悪夢が憎いからって」

するとフロイトは突然口をつぐんでしまった。

運転席と助手席に漂う微妙な空気に気圧されて、あかねも口を挟むタイミングを失った。いくら悪夢が憎いからって？　これはなに？

なんだかよくわからないけれど、新参者の自分がまだ踏み込んではいけない領域を、ヲタ森はフロイトと共有しているのだと感じた。だからこそ、ヲタ森はプレハブの研究所に泊まり込んでまでして、夢を可視化するプロジェクトに心血を注いでいるのではないかと。

しばらくしてからようやく始まった二人の会話は、声が小さすぎてよく聞こえなかったが、どういうルートを通って、どこへ出て、何時に警察署へ着いて、そこからどこへ向かうとか、どこなら食事ができるとか、土地勘のないあかねの出る幕はなさそうだった。二人の会話にただ耳を澄ませていると、あかねは睡魔に襲われた。

音羽楓花の夢を見た。彼女がひょっこり夢科学研究所に現れる夢だ。

生きていたのねと、あかねは心底嬉しく思い、あれ？　じゃ、楓花さんが亡くなったのは記憶違いだったかなと考える。

死んだと思ったことを本人に告げるのは失礼だから、あかねは極力普通に振る舞いながら、今までにわかったことを報告しようとする。

説明のためにパソコンを立ち上げると、そこに楓花死亡の記事が出て、違う、やっぱり楓花さんは死んでしまったんだとまた思う。思いながらも本人にはそれと悟られないよう、必死で笑顔を取り繕うのだ。でも辛い。本当のことが辛くてならない。

あのね。と、楓花はあかねに微笑む。

言葉は発していないのに、何か言おうとしているのは、わかる。その笑顔があまりに儚くて、言葉にしてもらわなければ、ちゃんとわかってやれる気がしない。あのね……

「なに？」

自分の寝言で目が覚めた。

「なにってなに？」

運転席からヲタ森が訊く。外を見ると、車は伊那《いな》インターを降りるところだった。

「起きた？　よく眠っていたね」

フロイトが助手席から微笑んでくる。

「お腹が空いてると言ったよね。どこかで五平餅を食べるかい？」

お腹は空いていたけれど、なんだか複雑な気持ちでもあった。前に来た時は、楓花の死を知らずに完全な観光モードだったけど、今回は、彼女が亡くなった現実をどう受け止めていいかすらわからずに、とても五平餅を楽しめる気分ではない。

「どっちでもいいです」

幹線道路へ降りた車はカーナビの指示に従って進む。

「権兵衛峠を越えて行くから、山に入ったら店なんかないですよ」

ヲタ森がそう言うので、手近なコンビニに入って朝食を買った。ヲタ森はやっぱり梅おにぎりで、飲み物は牛乳を、あかねはミックスサンドとバナナカステラにピーチティーをチョイスした。朝食を食べながら車で峠に入っていく。両側から山がせり出す真ん中を、真っ直ぐ上る森の道だ。吹く風に樹木の匂いが交じって、光里の家を取り巻いていた濃い森のことが思い出された。

「枝豆さんこと下条真由美さんのお兄さんなんだけど」

と、カフェオレでチキンサンドを食べながらフロイトが言う。

「枝豆さんから話を聞いたら、二十歳近くも年が離れているらしい」

「そんなに」

「お母さんは初婚だけど、お父さんは再婚なんだって。二十一年前の災害当時、お兄さんは『きりばん屋』というスーパーで配達のアルバイトをしていたそうだよ」

「きりばん屋って、どこかで聞いた名前ですね」

「大滝村のお年寄りたちが話していた店だよね。光里の家は、わざわざ隣町のきりばん屋から食材などを配達させていたって」

「そうでした。だから枝豆さんのお兄さんはあの場所を知っていたんですね」

「そういうことだったみたいだね」

「光里の家を心霊スポットと呼んだのは、土砂災害で死人が出たことも知っていたからかしら?」

「そうかもしれないし、そうじゃないのかもしれない。枝豆さんのお兄さんはお父さんの跡を継いで板金屋さんをやっているようだから、そのあたりのことを直接訊こうと思うんだ。幸い、警察署のすぐ近くなんだよ」

峠を越えると木曽町で、一行は間もなく木曽中央警察署に到着した。山懐《やまふところ》に抱かれた三階建ての建物にはどことなくのんびりとした雰囲気があって、警察署というよりも町役場のようだ。広いロータリーの隅に車を駐めると、ヲタ森は運転席を降りて後部座席へ移動してきた。

「じゃ、俺はここで寝てるから」

あかねを車から追い出すと、ヲタ森は長い足を器用に折りたたんで後部座席に横になった。仕方なく、あかねはフロイトについて警察署へ入っていった。


「遠いところをわざわざ来て頂いてすみません」

こちらでお待ち下さいと通された廊下のベンチに腰掛けていると、三十代くらいの男性がやってきた。中肉中背で、黒いデニムパンツにカラフルなボーダーTシャツ、スパイラルパーマの長い髪に口髭《くちひげ》を生やした風貌は、警察官ではなく美容師の兄ちゃんのようにも見える。

「長野県警刑事部捜査支援室の高山《たかやま》です」

彼はポケットから名刺を出して、フロイトとあかね、双方にくれた。

「高山啓治《けいじ》刑事？」

名前を読むと、

「あー微妙にトラウマなんですよねえ。高山けいじケイジって呼ばれるの」

人なつこい笑みを浮かべて髪を掻く。

「当日もお話を伺っていますので、あまりお時間は取らせませんから。どうぞ、こちらへ」

招かれて会議室のような部屋へ入ると、コの字形に並べられたテーブルの隅に書類があって、若い女性警察官が座っていた。フロイトとあかねが入っていくと、テキパキした動作で席を立つ。

「こちらは木曽中央警察署の北村《きたむら》巡査。記入の手伝いをしてもらいます」

「北村です」

さっと頭を下げてから、北村巡査は腰を下ろした。

高山は彼女の隣に立つと、はす向かいの席を二人に勧めた。

「先ずは靴跡の採取にご協力頂きまして、ありがとうございました」

自分は女性警察官の隣に掛けると、高山は改めて頭を下げた。

「それで……ちょっと伺いたいのはですね。音羽楓花さんが一人であの場所へ向かった理由に心当たりがないかということなんですが。いえ、前のときもお訊きしたと思いますけど……」

言いながら、高山は書類を引き寄せる。服装や髪型がラフなので、刑事と話している感じがまったくしない。

「ええと、お二人は未来世紀大学の、夢科学研究所の方たちでしたよね？」

「そうです」

と、フロイトが答える。高山は眉毛を掻いた。

「その……夢科学研究所って、いったいどんな研究をしているんですか？」

「文字通り、睡眠中に見る夢を研究しています。研究しているのは全般ですが、音羽さんには、彼女の夢を可視化する協力をしてもらっていたのです」

「ホームページを拝見しましたよ。あれ、すごいですよね。本物の夢みたいで」

「恐縮です」

「時に、音羽さんは心療内科に通院していたようですが、ご存じでしたか？」

「彼女と知り合ったきっかけは、研究所のサイトへ相談メールをくれたことです。そこには同じ悪夢を繰り返し見ることと、悪夢が怖くて眠れないので助けて欲しいというようなことが書いてありました。前も警察官の方にお話ししましたが」

「そうですね」

と、調書を見ながら高山は言った。

調書に書いてあるのなら、なぜまた同じ質問をするのだろうとあかねは思う。椅子はパイプ椅子で据わりが悪く、テーブルはよく見る折りたたみの長いもの。室内はガランと殺風景で、窓の外は山また山だ。

「そのメール、拝見できますか？」

高山に訊かれると、フロイトはあかねを振り向いた。

「あかね君、メールを呼び出せる？」

「はい。大丈夫です」

あかねはスマホで管理画面にアクセスし、楓花がサイトへ送ったメールを呼び出した。

「これですけど」

高山に見せると、

「転送してもらってもいいですか？」

と言うので、フロイトの許可を得て転送した。

「はぁあ。なんか、切羽詰まったメールですねえ。あのおっそろしい再現映像を見た後では、余計にそう感じます。映像は、そのものでしたね。メールの内容そのもの」

高山は感心したようにため息をついた。ヲタ森がここにいたなら喜ぶだろう。

ここがチャンスと思ったのか、フロイトは少しだけ前傾姿勢になった。

「刑事さん。音羽楓花さんは誰かに殺されたんでしょうか？」

単刀直入に訊く。

「や……」と、高山は目を瞬き、

「殺人の痕跡は見つかっていませんので。音羽さんは自殺です」

と、キッパリ言った。

楓花が電話に応答しなかったので、あかねも自殺を疑ってはいた。それでも刑事にハッキリそうだと言われると、心の整理がつかなくなった。彼女を知っているという気持ち、本当の彼女のことはなにひとつ知らなかったという気持ちがせめぎ合い、それでもなお、楓花さんは自殺なんかする人じゃないと、声を大にして叫びたくなる。要するに、彼女の自殺を止められなかったという事実を信じたくないだけなのだ。

「睡眠薬の過剰摂取による自殺だと、我々は思っています。通院していた心療内科から眠剤を処方されていたようで、それをまとめて服用したんです。バッグから大量のカプセルパッケージが見つかっていますし、それらには音羽さんの指紋しかありませんでした。足跡もですが、不明の第三者のものは見つかっていません。今の眠剤は、胃で溶けて内臓を焼くような成分は入っていないそうですが、大量摂取して意識を失い、低体温と脱水による心臓麻痺《まひ》で亡くなったという所見です。彼女があそこへ行った日時についてはタクシー会社の運転手から確認を取っていますけど、心臓が止まったのは二日後で、だからご遺体が比較的新しかったんですね」

「なんで？　楓花さんは、なんで自殺なんかしたんですか？」

やっぱり訊かずにいられない。楓花はマッド・モラン以外の悩みを抱えていたのだろうか。自分はまだ、楓花の友だちではなかったけれど、これから友だちになれたかもしれないのに。

「だからこうしてお話を伺っているんですけどねえ、結局わからない場合も多いんですよ」

「ならば彼女の生い立ちについてはどうですか？　ぼくらは、彼女がなぜあの場所へ行って、あそこで死ななきゃならなかったのかを知りたいんです。刑事さんは、あの場所のことを？」

高山はまた書類を引き寄せた。

「昔はサナトリウムだったらしいですね。土砂崩れで、今は放置されているという」

「たしかそのあと十年くらいは、個人病院というか、子供の施設だったんですよ。光里の家という」

書類から目を上げて、北村巡査が静かに言った。

「うちの祖母から聞いています。祖母はむかし木曽の郵便局にいたんですけど、その頃は子供用の衣類とか玩具《おもちゃ》とか、頻繁に局に届いていたらしいです。光里の家宛に」

高山は北村巡査に顔を向けた。

「大滝村にも郵便局はあるのに、木曽町の郵便局へ送られていたってこと?」

「そうみたいですよ。私書箱にくるのを業者が配達していたらしいです」

「なんでそんな面倒臭いことをしたのかなあ?」

高山は首を傾げた。追い打ちを掛けるようにフロイトも言う。

「少し調べてみたんですけど、光里の家では、通常の託児所では預かれないような病気の子供を預かっていたと聞いています。実は、音羽さんもそこに預けられていたのではないかと思うんですが、利用者の名簿がわからなくて。ぼくらは彼女の悪夢の原因が、二十一年前に起きた土砂災害ではないかと疑っているんです」

「なるほどねえ。小さな頃にいた場所だから、あそこまで行って自殺したと?」

高山は北村巡査を振り向いた。

「それ、わかる?」

「利用者の名簿が残っているかどうか、役場に問い合わせてみましょうか」

若い女性警察官は、そう言って席を立っていった。

「あ。あと、経営者のこともちょっと調べてみてよ。話を聞いてみたいから」

「わかりました」

北村巡査が出て行くと、高山は肩こりをほぐすように首を回した。

「お疲れですね」

思わずあかねも口を出す。

「いやあ、また異動の時期で、いろいろと。個人的に、ここはのんびりしていて好きだったんですけどね。人はいいし、空気も美味しいし」

高山はまた眉毛を掻いて、「お茶も出さずにすみません」と、言った。

「伺いたいことはそれくらいで、あと、調書にサインを頂けないかと思いまして」

立ち上がって書類を取ると、二冊に分けてフロイトとあかねに渡す。

「現場で先日伺ったことをまとめたものです。読んで頂いて、間違っているところがあれば教えて下さい。なければサインをお願いします。まあ、大したことは書いてないんですけどね」

書類には第一報をしたのがどんな人物で、どんな理由で現場にいたのかが書かれていた。内容に齟齬《そご》はなく、あかねはフロイトと共にサインした。

「や。どうもありがとうございました」

高山が立ち上がって一礼するのを、もらった名刺をつまみ上げ、

「音羽さんが光里の家にいたのかどうか、教えて頂くわけには参りませんか？」

　と、フロイトは牽制した。

「それとも個人情報で、ダメでしょうか」

「いや。別にかまいませんよ。施設へ問い合わせていれば普通にわかる情報ですし」

　高山はあっさり言った。

「ただ、ちょっと時間がかかるかもしれないので、こちらからお電話しましょうか。どこへ電話すればいいですか？」

　そう言いながら高山がメモ用紙とペンを差し出したので、フロイトはそこに携帯電話の番号を書き記した。

「今日は、これからのご予定は？　せっかくですから観光をして帰られますか？」

「いえ。こちらへ伺うのも含めフィールドワークで来ていますので、この後は光里の家に食材を届けていたという人に、話を聞きに行く予定です」

「へえ」

　と、高山は感心したような声を上げた。

「大学教授の先生ってのも、なかなか大変なんですね。刑事顔負けの情報収集能力じゃないですか。で、その人はどちらに？」

　フロイトは窓の外に目をやった。

「下条板金さんというところです。この近くみたいなんですが」

「それならうちの正面を出て、道なりに右へ行ってすぐの、道路沿いにある板金屋さんですよ。看板が出ているのでわかります」

高山刑事にお礼を言って、フロイトとあかねは外へ出た。ヲタ森は日陰になる駐車場の隅までバンを移動したらしく、後部座席であかねの合羽を枕に爆睡していた。

「よく寝ているから、このまま行こうか」

大口を開けて眠るヲタ森を見てフロイトが言うので、あかねも助手席に乗り込んだ。いくらなんでもドアを開け閉めする振動で目を覚ますだろうと思ったのに、フロイトがエンジンを掛けても、車を発進させても、起きる気配がまったくない。

「死んだみたいに寝てますね。本当に死んでいるんじゃないですか？」

あかねが言うと、フロイトは笑った。

「いつもだよ。ヲタ森は、自称、夢を見ない人だから」

「夢を見ない人なんているんですか？」

「一定人数はいるみたいだよ。もっとも、本当に夢を見ないのではなく、見た夢の記憶がないということなのかもしれないけれど」

「夢を見たことがないのに、夢の可視化はできるんですね？」

「そこが不思議なところだね。ある意味彼は天才なんだよ。ＣＧの再現技能にかけては最大級にしつこくて、妥協を許さない天才なのかも」

「そういう人をヲタクって言うんだと思います」

眉が短くて目が細く、髪の毛はボサボサで、ヒョロヒョロ細長いヲタ森の寝顔をバックミラーに映しながら、天才とヲタクの違いは何だろうと考えているうちに、下条板金に到着した。本当に目と鼻の先だった。


下条板金は道路に側面を向けて建つ四角い建物で、二階が事務所兼住宅、一階が整備工場になっていた。駐車場に車を駐めると、工場で作業中の職人が顔を上げてこちらを見た。このあたりでは、大学のロゴが入ったバンが珍しいのかもしれない。ヲタ森は起きる気配が無いので、あかねはフロイトと一緒に車を降りた。

「少々お訊ねします」

慇懃《いんぎん》に腰を屈めて工場へ向かうと、職人が、車のボディを磨いていた手を止めた。

「未来世紀大学の風路という者ですが、こちらに下条真由美さんのお兄さんがおられると伺って来ました。下条宏和《ひろかず》さんと仰る方ですが」

職人は「ああ」と、言い、工場内に何台か並ぶ車に向かって、

「社長ーっ、真由美ちゃんの大学の先生だってがねーっ！」

と、大声を上げた。

「あー？」

声と同時に仰向けの男が、音もなく車の下から滑り出てくる。見ると、背中を台車に乗せていた。

「真由美が、なんだって？」

作業着姿の男はそのままむくりと上半身を起こし、額に付いた油を拭った。拭った跡が線になり、額に黒く筋が付く。台車に腰掛けたままなので、あかねとフロイトは下条宏和の方へ歩いて行った。

立ったまま、フロイトがもう一度自己紹介する。

「大学の先生が何の用だね？　真由美になんかあったんかいね」

下条は怪訝そうに立ち上がったが、妹と同じ年頃のあかねが一緒なのを見ると、キョトンとして頭を下げた。

「私は城崎あかねです。教授の助手で、真由美さんと同じ大学の人文学部に通っています」

「ほーう、そりゃそりゃ」

機械油で汚れた軍手を脱いで、下条は工場の隅へ立っていく。汚れた手をウエスで拭きながら、

「それでどんなご用件で？」

と、フロイトに訊いた。

「二十年ほど前のことですが、下条さんは、きりばん屋というスーパーで配達のアルバイトをしていらしたそうですね？」

「はあはあ。確かにしてましたがね？」

「その時のことをお伺いしたいのですが」

「はあ」

まったくわけがわからないというように、下条は眉をひそめた。

「真由美のことじゃないんかい」

「違います。真由美さんから話を聞いて伺ったというだけのことでして。それで、当時、大滝村に社団法人・光里の家という子供用医療施設があったのですが、下条さんはそちらへも、食料品などを配達していませんでしたか？」

下条は一瞬目を逸らし、それがどうしたというように横を向いたまま頷いた。こっちは忙しいのだと、態度で語っているふうだ。

「しましたよ。週に一回。日用品とか、食料とか」

フロイトとあかねは目を見合わせた。

「そのときの施設の様子を教えて欲しいのです。どんなことでもかまいません」

「どんなって、あんた。や、先生。何だってそんなことを知りたがるんです？　あっこはもう随分前に潰れちまって、だーれも住んでやしませんよ」

「でも、真由美さんが中学生の時、夏休みにそこへ連れて行っていますよね？　心霊スポットだと言って」

あかねが言うと、下条はポカンと大きく口を開け、

「なに。まーた、そのこんですか？　ったく、真由美のたぁけもんが」

と、吐き捨てた。

「面白半分に連れて行っただけですよ。それだけ」

下条は話を打ち切ろうとしている。

あかねはそれがわかってもどかしかった。ところがフロイトの方はメガネを外し、布で丁寧に拭き始めた。ただでさえ目立つデザインのロイドメガネだ。下条はしばし言葉を切って、フロイトのメガネをまじまじ見つめた。

「そりゃ、プラスティックですか」

「いえ、鼈甲です。死んだ祖父の形見でして」

フロイトは大切なメガネを下条に手渡した。

「はあー鼈甲。そういや、さすがに重たいですな」

光に透かして下条は言う。

「デスクワークの学者用というか、外にして出るには向いていないかもしれませんね。

フィールドワークで掛ける場合は、落としそうでヒヤヒヤします」

「そりゃそうでしょう」

　と、言いながら、下条はメガネをフロイトに返した。少しだけ表情が和んでいる。

「あんな場所まで配達に行くのは大変だったことでしょう。先週現場を見てきたんですが、建物は元の場所から随分流されてしまっていました」

「まあねえ。でも、そこそこバイト料がよかったですから。オレもあん時は若かったし、自分の車が持てなかったんで、トラックでも何でも車を運転できるのが嬉しかったってのもありますわ」

「看護師さんと職員が犠牲になったと聞いていますけど、二人とはお知り合いだったんですか？」

　聞くと下条は首を横に振った。

「荷物を運び込むのは裏口からで、顔を合わせるのも賄いのおばちゃんだけでした。きよゑさんと言ったかな？　東京から院長先生にくっついてきた人で、優しくてきれいなおばちゃんでした。そんなもんで、先生や看護師さんと話したことはなかったですわ」

「じゃあ、建物の中の様子は」

「知りません。森で、子供らがよく遊んどりましたがね、元気な子たちで、山ん中で人恋しいのか、荷物を運ぶの手伝ってくれたり……ニイマニイマと懐いてくれて」

あかねはふっと顔を上げた。

「もしかして、三歳くらいの女の子をおんぶしてあげたことがありますか？　楓花さんっていうんですけど」

「いいやぁ」

と、下条は首を傾げた。

「いくらなんでも、そんなに長いこと油売ったりしませんて」

それから少し考え込むようにして、

「そういや、そんくらいの女の子もいましたね。二人くらい？　や、もっとかな」

「施設には、子供が十人くらいいたそうですが」

フロイトが言うと、下条はキョロキョロ周囲を見回した。コホンとひとつ咳払いすると、無言で手招いて、二人を工場のさらに奥へ誘導する。整備車両の陰になった工具棚の隙間に体を寄せると、内緒話をするように声を潜めた。

「そこなんですよ」と、言う。

「真由美を連れて行ったのは何年か前ですが、ふっとね、思うことがあって……まあ、あいつをダシにして確かめに行ったというか」

話していいものかどうか、下条はまだ迷っているようだった。

「何か気になることがあったんですね？　子供たちのことですか？」

フロイトが先を促す。ロイドメガネを掛け直した彼は分厚いレンズで目の表情が見えなくて、風路亥斗ではなくフロイトの顔になっている。彼は表情のない顔で、事情はすべてわかっているんだと、強く口調に匂わせた。

「あー……まあ……これはね……」

下条は髪の毛に手を突っ込んで頭を掻いた。

「覚えておられるか、あれですけれど、あの七月、九州の阿蘇《あそ》で土砂災害があったんですわ。たまたまそれをニュースで見ていて、ふっとね、思い出しちゃって」

「何を思い出したんですか？」

「樫ノ木沢の蛇抜のことです。光里の家が流された」

下条は額を拭った。

「オレもあん時は若者で、ニュースを聞いた時はえらいことになったとは思いましたけど、被害者の名前が知らない人ばっかりだったんで、いつの間にか忘れてしまっていたんだけど……阿蘇のニュースを見ているときにね、ふと、あれ？　そういえば？って。十年以上も経ってんだから、今さらですがね」

「なにが気になったんですか？」

「数です」

「数？」

「子供の数ですわ」

あかねは体の芯が震えるような気持ちがした。下条はちょっと唇を噛みながら、首を傾けて眉毛を掻いている。掻きながら、彼は言った。

「気になったんで、ネットで古い新聞記事を調べてみました。そしたら、当時施設が預かってた子供らは、全部で十人ってことになっていた。三人死んで、あとは無事だと。でも、オレが配達してたのは、そんなもんじゃなかったんですわ」

「そんなもんじゃなかったというと？」

「食材ですから。食材は旅館なんかにも卸してますから、パッケージの量でだいたい人数がわかります。光里の家に卸していたのはもっとずっと多くて、十人じゃ数が合わないと、すぐにピンときたんです。今にして思えば粉ミルクやおむつも運んでたしね。子供しかいないはずなのに。

あの日はちょうど雨が上がって、納品に行くと、子供たちが並んで森を歩いて来てた。蛇抜がこわいで、沢に降りちゃいけんよと注意したので間違いないです。ちっさい子も入れて五、六人はいたと思う。あとはベッドから起きられない子や、昼間だけ通って来る子もいたわけで、十人じゃ、どうしても数が合わないんですわ」

「それで建物の様子を確かめに行った？」

うんうんと、下条は二度頷いた。

「今にして思えば、おかしいことはたくさんあった。大滝村にだって店はあるのに、こっから商品をつらせたりね。人の出入りも激しくて、県外ナンバーの車をよく見かけたし、赤ん坊を連れてる人を見たこともある。一度、玄関から納品に行って、ひどく叱られたのも怪しいと思えば怪しいし。きよゑさん以外の人が応対してくれなかったことも、なんだか妙に思えてきたんで。そんなこんなで色々考えたらよけいに想像が膨らんで、でも、真由美を連れて現場へ行って、建物の様子を見たら怖くなって、そのまますぐに戻って来ました。ぐるりを一周してみたんですが、塔の下は完全に埋まって、こりゃもうダメだと思いましたわ。それで入口だけ見て帰って来ました。オレは何を確かめに行ったのか、そう考えるとおっかなくてね。だから真由美が電話を寄こして、あっこのことがネットに載っていると聞いた時にはゾッとしました。まさか、オレが考えてたことが本当だったんじゃないかとね」

「それで真由美さんに、そんな場所は知らないと言ったんですね？」

もう一度彼は頷いた。今度は真っ直ぐにフロイトの目を見つめながら。

二人の様子に、あかねは知らず両手をぎゅっと握った。

「……それって、つまり……」

訊こうとしたら、フロイトが下条とあかねの間に入ってきた。あかねに背中を向け

たまま、

「いや。ありがとうございました。大変参考になりました」

と、下条に向かって頭を下げる。

「あかね君。行こう」

行くって、どこにですか？　あかねがそう訊く前に、

「失礼しよう。きみからもお礼を言って」

と、促される。それであかねはペコリと頭を下げた。

フロイトは踵を返すと、居並ぶ車の間を抜けて、ヲタ森の乗るバンへ向かった。

「あー、それから先生、ちょっと、ちょっと」

後ろで下条が声を上げる。

「今のはオレの想像ですよ？　新聞のほうが正しいのかもしんねえし」

「もちろんです」

と、フロイトは言った。

「下条さんには感謝しています。あとはぼくたちで調べますから、今夜からはぐっすり眠って下さい。悪い想像はもう忘れて」

行こう。と低い声で言われ、フロイトに腕を引かれて車に戻った。

眠ったままのヲタ森を乗せて、車は再び木曽中央警察署へ向かう。ヲタ森のために

日陰に駐めると、フロイトはエンジンを切った。

「もう一度高山刑事に会ってくる」

「私も行きます」

そう言わずにはいられなかった。どんなに頭が悪くても、下条宏和が何を疑ったのかくらいはわかる。

脳裏には再び楓花の顔が浮かんでいた。お兄ちゃんにおんぶされたことが人生で最初の記憶だと言った顔。心配されて、嬉しくて、タヌキ寝入りをしたと話してくれた。光里の家の入口にあった線香の燃えかすや、死んだ楓花の近くに枯れた花束があったことも。

心臓がドクドクドクと打っている。歯を食いしばり、鼻からたくさん息を吸い、あかねはフロイトの背中を追って、警察署のロビーに駆け込んだ。

「あ、風路先生、ちょうどよかった」

カウンターの奥に連なるデスクのひとつで、高山が受話器を持って立っていた。

「今、先生に電話しようと思っていて……」

受話器を置いて近づいてくる。

「どうされました？　忘れ物でも？」「施設の名簿は？　わかりましたか？」

まったく同時に質問したので、高山は笑った。

「まあ、ちょっと座りましょう」

そう言ってロビーに出てくる。突き当たりの階段下に自販機コーナーがあり、その前に置かれた長椅子に、フロイトとあかねを誘った。ポケットから小銭を出して、

「何がいいですか？」

と、訊いてくる。こちらはそれどころではないので返事をせずにいると、勝手にペットボトルのお茶を三本買って、一本ずつ手渡してきた。

「さっきはお茶も出せなかったんで。どうぞ」

フロイトに目配せされて、あかねは高山からお茶をもらった。

「名簿ですが、施設が役場へ提出したものが残っていました。それで、音羽楓花さんの名前はありませんでしたよ。彼女は施設に預けられていません」

フロイトは無言でボトルの封を切った。ごくごくお茶を飲んでから、また丁寧に封をする。吊り目に深刻な色が浮かんで、きゅっと口元を引き結んでいる。

「ちなみに当時施設を経営していた伊藤宗昭という医者ですが、現在は神奈川の医療介護付き老人ホームにいることがわかりました」

「え」

と、フロイトは頭を上げた。

「存命しているんですか？」

「九十四歳だそうですが、お元気なのはお元気だそうです。北村巡査に調べてもらって、ホームの担当者と電話で話してみましたが、当時のことを確認するのは、さすがにもう無理ではないかということでした。奥さんの名前すら忘れていて、奥さんは綾子さんというんですが、きよゑと呼ぶらしいです。恐妻家だったからなのか、『きよゑ、すまない許してくれ』と、泣いてばかりいるんですよと、まあ、これはどうでもいい話ですが。ちなみに綾子さんはすでに他界されています」

「きよゑって……」

あかねはペットボトルをぎゅっと握った。

「それ、光里の家で賄いをしていた人だと思います。奥さんの名前じゃなくて、東京から院長先生にくっついてきたという賄いのおばさんのことじゃないですか？」

高山は首を傾げた。

「なんの話ですか？」

フロイトが立ち上がる。深呼吸したのがあかねにもわかった。

「実は今、下条板金へ行って来たところです。さっきも話しましたけど、光里の家へ日用品や食料などを配達していた方と話してきました」

「ああ。すぐわかったでしょ？　通り沿いだから」

「ええ。それでこんな話を聞いたんです。事故当時、施設にいた子供は十人ではなく、もっと大勢だったはずだと。その子供たちの賄いをしていたのが、きよゑさんという人物です」

高山は眉をひそめた。

「ち、ちょっと待ってくださいよ？」

そう言ってロビーへ戻り、奥のデスクからファックス用紙を持って戻った。役所が送信してきた名簿らしい。指先でなぞるようにして、一行一行確認していく。

「きよゑさんという人物は、職員名簿にありません。医師、看護婦、亡くなった職員と、院長、あとは、保育士……でも、きよゑという名はありません」

「では、田村純一はどうです？　高橋冬子は？」

高山は次に、別の場所を指先でなぞった。

「田村純一は、ありますね。高橋冬子も入院扱いになっていますが」

フロイトは立ったままあかねを見下ろした。済んだ瞳の色が怖くて、あかねはペットボトルにすがりつく。

施設には、遊べない子と、遊べる子と、もらわれた子がいたという。遊べる子は元気な子。『へんびさ』をして遊んでいた。遊べない子は病気の子。施設のベッドに寝かされていた。では、もらわれた子は？　いったい何を意味するのだろう。

ユカリさんの従兄弟たちはキャンプ場で『へんびさ』をした。キャンプ場でその遊びを知ったKキャンパーさんは、マッド・モランを茶色い大蛇として夢に見た。彼が遊んだのはユカリさんの従兄弟だったか。それとも、光里の家にいた、もらわれた子たちだったのだろうか。

「名簿に載せられない子供たちが、光里の家にはいたんだわ」

そう高山に訴えながら、あかねは涙が出そうになった。

「たぶん、たくさんいたんです。赤ちゃんもいたのかも」

「それはどういうことですか？」

「下条宏和さんの話では、当時光里の家へ届けていた食材は十人分よりずっと多かったそうです。おむつや粉ミルクも交じっていたと。納品時に応対してくれたのがきよゑさんという方で、賄いをしていたようです。土砂災害があった日、彼は一列になって森をゆく子供たちを見たそうです。小さな子を含め、五、六人はいたと」

高山は人なつこい顔を曇らせて、じっと名簿に視線を注いだ。

「こっちでも調べたところ、当時、一歳三ヶ月の赤ちゃんも犠牲になっていますよね。大杉汐音ちゃんという」

誰にともなくそう言って、高山はまた名簿をなぞる。

「大杉汐音ちゃんはお見舞いに来ていて被害にあったということでしたよね？」

「でもねえ、入所者の名簿に大杉という名字はないんですよねえ」

独り言のように言い置くと、高山は北村巡査を呼びに行った。ロビーのカウンターから身を乗り出して、何事か指示を出している。しばらくして戻って来ると、刑事の顔になっていた。じっとしていられずに、あかねもフロイトの隣に立ち上がる。

「楓花さんはご両親が十代で生んだ子で、お祖母さんに預けられる三歳より前は、どこで何をしていたかわからないんです。でも、独りっ子のはずなのに、大きいお兄ちゃんにおんぶされた記憶があるって、前に話してくれたんです。あと、あと、山で雑草に塩をつけて、おやつにしたって。噛むと酸っぱい雑草だって」

「ああ。ウマズイコのことですね」

高山はサラリと言った。

「俺もこっちへ来てから知ったんですけど、けっこうね、エグ酸っぱいですよ」

ちょっとだけ笑顔を見せてから、

「つまり、音羽楓花さんがあの場所で自殺したわけは、施設に秘密があったからじゃないかと、そう仰っているわけですか？　彼女自身あそこに預けられていたことがあって、土砂災害の時に取り残された子供たちがいて……」

「そうです。あの施設が子捨ての現場になっていて、院長はお金をもらって子供を預かり、秘密裏に別の保護者に売っていたのではないかと思います」

フロイトはついに言葉に出した。高山刑事がその先を続ける。

「それで……なんですか。その子たちがまだ、あそこにいると」

そうハッキリ言われると、あかねの中でも様々な事実が、一本の線でつながれていった。何ヵ所かで焚かれた線香。楓花が電話に出なかった理由。花束が落ちていたことも。

高山は心なしか顔が引きつり、蒼白になっていた。

「だから花束があって、線香を焚いたのかもしれないと？　ご遺体がぬいぐるみを抱いていたわけも、理由がつくっちゃ、つきますね。あ、ちょっと、待っていて下さい」

カウンターで手招きされて、高山は北村巡査のところへ走った。何事か話して、また戻って来る。

「捜索願を調べてみたら、板橋区の黒田《くろだ》きよゑさんという人物がいたようです。失踪時の年齢は五十七歳。届け出人は夫で、失踪前、きよゑさんは医療・福祉事業所の食事サービスを提供する会社に勤めていました。失踪したのは二十三年前。現在も消息不明ですが、すでに失踪届が出されて、離婚が成立しています」

「その人もまだ、あの場所にいるのでしょうか」

あかねの代わりにフロイトが訊ねる。

「土砂災害当時のことは調べてみなければわかりませんが、相応の人数が救助にかけつけたそうですからね。ただ、被害に遭ったのが光里の家だけでしたから、その場で被害人数を確認して、犠牲者の数と合えば捜索は打ち切られたと思います」

「人数を報告したのは院長ですか？」

「そういうことになりますか」

光里の家は集落から離れた場所にあったから、施設の内情を知る者は、村には誰もいなかった。

「刑事さん。すべてはぼくの憶測ですが、もしもあの施設が非正規の子供を受け入れていた場合、時によっては子供たちを隠す必要があったのではと考えます」

それからフロイトはあかねに向けて、

「音羽さんはやはりあそこにいて、災害が起きたときには他の子供たちと一緒に外へ出されていたのかもしれない」と、言った。

「サナトリウムが閉鎖されてから光里の家が買い取るまでの間、建物は、樫ノ木沢で山仕事をしている男性が管理していたそうです。その人に聞けば建物の構造がわかるのじゃないでしょうか。たとえば、地下室があったとか」

「あー……地下室……」

高山は、眉をひそめてガリガリと頭を掻いた。

「その、管理していた人の名前はわかりますか？」

「ユカリさんのお母さんに訊けばわかるんじゃ？」

あかねが言うと、フロイトが頷いた。

「ヲタ森を起こして、調べてもらって」

そこであかねは、急いで署を飛び出した。


駐車場に走って行くと、ちょうど後部座席でヲタ森が起き上がったところだった。頭と背中を掻きながら、呑気に欠伸をしている。後部座席のドアを開けると、

「あれえ？　まだ掛かってるの？　警察の調書ってヤツは、とんでもないなあ」

と、文句を言った。

「それどころじゃありませんよ。大変なことになっているかもしれないんです。すぐに、ユカリさんのお母さんの実家を調べないと」

寝ぼけ眼のヲタ森を追い立てて、あかねはノートパソコンを起動させた。ヲタ森の携帯電話はガラケーだが、小型のマックを持ち歩いている。桜井弘子に電話して事情を話し、実家の番号を教えてもらって、それを高山に伝えるために車を降りて行こうとすると、

「まあ待ちなって」

と、ヲタ森はあかねを引き留めた。

「実家とやらへ電話して、確かめてからでも遅くないだろ。警察が、調べたことを全部教えてくれるとは限らないんだから」

そう言いながら、すでに三次元ソフトを立ち上げている。

「俺さ、フロイトが撮ってきた現場写真から光里の家の外観を想定して、三次元画像を組み立ててあるんだよ」

「え、なんでそんな面倒臭いことをしてるんですか」

「決まってるじゃんか。俺の作ったマッド・モランを実際の建物に照らし合わせて、双方の誤差を確認するのよ。まあ、大して複雑な構造じゃないから母屋はできているんだけど、肝心の塔は破壊された上に、ほぼ土に埋まってよくわからなかったんだ。見えているのは先端部分だけだからね。高さも土の中の状態もわからないから、今現在は、きったねえ油絵から導き出した適当な高さにしてあって、せめて窓が下まで描いてあったら計算して割り出せるけど、あの絵も下半分が森になっているから」

「え、じゃ、どうするっていうんですか?」

「俺が電話する。ユカリさんの爺さんに」

「だって、ヲタ森さんはコミュ障じゃないですか」

「コミュ障だよ?」

何が悪いというように、ヲタ森は鼻を膨らませた。

「コミュ障だけどヲタクだぞ。俺の知りたいことをペコが聞いてくれるとは限らないだろ？　間口とか、高さとか、階段の幅とか、壁の色とかさ。それがわからなきゃCGを完成できなくて、俺にとっては大問題なんだよ」

どの口がコミュ障を自慢するのだという勢いで、ヲタ森は桜井弘子に問い合わせ、ついでに、これから電話するので先方につなぎをつけておいて欲しいと頼んだ。

しばらく待ってから樫ノ木沢に電話をかけると、ユカリの祖父が連絡を待っていたようだった。

「恐れ入ります。はい……はい……あ、それで、じゃ、地下室はあったんですね？　間口三尺？　薬品庫とかに使っていた？　物置もあった？　ああ、はいはい」

ガラケーを器用に首に挟んで、喋りながらヲタ森はパソコンを操作する。するとまるで魔法のように、三次元ソフトに壁や階段や間仕切りの線が現れた。すべて訊き終わるとヲタ森は、

「どうも、大変ありがとうございました」

と、深々頭を下げて電話を切った。

「行くぞ、ペコ」

閉じたノートパソコンを小脇に抱え、ヲタ森は車を飛び出した。まったくお株を奪われて、あかねもその後に続く。ロビーでは、フロイトと高山が待っていた。

「遅くなりました」

あかねは言って、高山にメモを渡した。ユカリさんのお祖父ちゃんの名前と電話番
号が書いてある。『へんびさ』を生み出した曽祖父は、十年も前に亡くなっているそうだ。

「遅くなりました」

「どうも」

ヲタ森が高山に向かってボサボサ頭を下げると、

「もう一人の助手の森本君です。サイトの夢再現画像を製作したクリエーターです」

フロイトは高山にヲタ森を紹介した。

「こちらは刑事さん。今、光里の家の構造を……」

「ペコから話を聞きました。ちょっとこれを見て下さい」

フロイトが皆まで言い終わらないうちに、ヲタ森はひざまずき、長椅子の上でノートパソコンを開いた。光里の家の三次元データが表示されている。遅くなった訳を、あかねは慌てて補足した。

「桜井弘子さんに連絡先を教えてもらったら、ヲタ森さんが電話して」

「間取りを聞き取りしたもので、ざっと三次元データにしてきました」

あかねの言葉をヲタ森が続ける。高山はヲタ森の隣にしゃがむと、モニターをのぞき込んだ。

そこには線で描かれた光里の家が浮かんでいた。実物の建物は傾いてしまっているが、ヲタ森の画像では、まだ地面と垂直に立っている。建築物は材料を使い回しできるよう基本サイズが決まっているので、寸法を起算できる写真が数枚あれば、そこから大まかなプロポーションを作れるのだという。

「すごいですね」

お世辞ではなく高山が言う。わかっているさという体で、ヲタ森は返事をしなかった。彼は画像を回転させて、建物の下半分を土中に埋めた。

「破壊された塔部分ですけど、ちょっとここを見て下さい」

ハッと心臓が痛んだのは、地盤に×印が付いていたからだ。それが楓花が死んでいた場所だと、説明されずともあかねはわかった。

「ここから上が、現在見えている部分です。一階の天井近くまで埋もれているってことですね。で、建物を管理していた爺さんの話によると、塔を含め、母屋から突き出した部分は、小さな教会の礼拝堂くらいの広さがあったようなんです。施設の子が遊戯室として使っていたのがたぶんここ。大きな窓の外に森が見えたってことだから。塔は展望台だったようで、畳二枚分程度の広さしかなかったようですが、塔を持つ建物は、その当時の流行だったんです。あと、思った通り、サナトリウムだった頃は地下に薬品保管庫と倉庫があったらしいです。広さはそれぞれ六畳程度。爺さんが管理していた頃は地下室も使えたようなので、災害当時も機能していたと言っていいでしょう」

ヲタ森は言葉を切って、二間続きの地下室を拡大して見せ、

「違法に受け入れた子供たちを短時間匿《かくま》っておくには、便利だったと思います」

高山に顔を向けて付け足した。

高山は「うーん……」と、唸《うな》って両腕を組んだ。

ほんのわずか、四人の間を気まずい沈黙が流れて行く。床にひざまずいたヲタ森と高山。その後ろに立つフロイトとあかね。階段室の明かり取りから、初夏の日差しが差し込んでいる。階段を下りてきた職員が、自販機の前にいる刑事と民間人を見て足を止め、ジュースを買わずにどこかへ行った。

やがてロビーの方から北村巡査がやって来て、床に座った男二人と長椅子におかれたノートパソコンに目をやると、説明を求めるようにあかねを見た。北村巡査は二十代前半。年の近いあかねを話しやすそうだと感じたのかもしれない。あかねが何も言えずにいると、彼女は、

「あの……高山刑事」

と、高山の背中に呼びかけた。高山はようやく腕組みを解いて立ち上がった。数歩移動して頭を寄せ合い、二人で小声で話したあと、北村巡査は去り、高山は戻った。

指先でつむじのあたりを掻きながら、聞こえるほどのため息をつく。

「災害当時に被害者の救出へ向かった者と、連絡が取れたそうです」

高山は、代表してフロイトに言った。

「俺が思った通りでした。責任者が常駐していた施設ですからね。院長に被害状況を確認し、子供二人と赤ちゃん一人、看護婦と職員、二名の遺体を発見したところで捜索作業は終了したそうです。収容児童の人数については、当日勤務を休んでいた職員からも聴取して、院長の話と齟齬はなかったらしい。ただ……」

高山は振り返って、ヲタ森のパソコンを見た。

「今見せてもらった映像データですが、こちらに預からせていただくわけにはいきませんか」

「いやだ」

と、ヲタ森はハッキリ答えた。

「これだけ作るのに何時間掛かったと思ってんですか。それに、ソフトがなけりゃ動きませんよ。警察にはないでしょう？　これを操作するソフトなんか」

「まあ、それは……」

高山が口ごもると、フロイトが一歩前に出た。

「データをどうするつもりですか？」

「上司に見せようと思います。もちろんウラも取りますが、上を説得するのにね、地下室があったことを説明する必要があると思うので」

「それじゃ、建物を掘り返してもらえるんですかっ？」

思わず大きな声であかねは訊いた。自分ではなく、自分の中で楓花が喋ったような気がした。

「ハッキリお約束はできません」

高山は申し訳なさそうな顔をして、

「でも、お話を伺って、自分としては調べる必要性を感じています」

と、あかねに言った。

「ヲタ森。画像をPDFファイルに変換して、刑事さんに送信してあげてくれないか。3Dで動かせなくても、構造がわかればいいはずだから。そうですよね？　刑事さん」

「ありがたいです。ぜひ、そうしてもらえれば」

ヲタ森は首を竦めて「へいへい」と、言った。

彼がデータを処理する横で、高山はフロイトに名刺を求めた。

「やっぱりメモではなくて、名刺を頂戴できませんか？　もしかしたら、他にもお伺いすることが出てくるかも知れませんので」

「出てきても、また呼び出されるのはゴメンですよ。所沢からここまでいくら掛かると思ってんですか。うちは大学本体とは違って弱小貧乏研究室なんですからね。高速代もガソリン代も、学長に借金して来てるっていうのに」

ヲタ森が唇を尖らせる。そんなヲタ森に、あかねはアッパー系コミュ障の真骨頂を見たと思った。

「面目ないことに、うちの研究室の内情は彼の言うとおりなんです。あと、それじゃ、これ。申し遅れましたが、ぼくは風路亥斗です」

滅多に出さない名刺を高山に差し出しながら、フロイトは苦笑した。

「今日も大学の車を借りて来てまして。なかなかにね、夢の研究はスポンサーがつきにくいので、研究室がいつまで存続できるのか、戦々恐々としているんです」

「お互い見えない苦労がありますねえ。でも、そういうことでしたら、送って頂く画像の手数料ぐらいなら、捜査経費としてお支払いしますけど」

「えっ」

と、ヲタ森は閉じたパソコンをまた開けた。立ち上がって、高山に言う。

「刑事さん。あんた、いい人だ」

「領収証、出ますよね？」

「もちろんです。領収証は画像データに添付して送信しますから、プリントはそちらでやってください。では、捜査協力費として三万五千円頂戴します。簡易データですからお安いですよ」

高山に向けたノートパソコンに、すでに会計ソフトが立ち上がっている。

「さんまん……ごせんえん……ですか」

高山はなぜか自分の財布を出して、中身を確認し、二万円以外は寄せ集めのお金でヲタ森に代金を支払った。財布をしまいながら、「これ、経費で落ちるよなあ?」と、つぶやいている。


しばし後、駐車場まで見送りに出てくれながら、高山は助手席をのぞき込んでフロイトに言った。

「すぐにというわけにはいかないと思います。手続きもですが、上を動かすだけの根拠が必要になりますからね。ただ、きちんと捜査はしますので。亡くなった音羽楓花さんのためにもね」

「よろしくお願いします」

会釈するフロイトの後部座席から、あかねも高山に頭を下げた。

たっぷり眠ったヲタ森が、帰りの運転を買って出ている。

署を出た頃には、お昼を過ぎてしまっていた。知り得た事実と、そこから導き出される予測の重さに、あかねはどっぷり疲れていた。森の奥、雑木や蔓草に覆われて、半分は山に還《かえ》ってしまったような廃墟に、今も誰かが眠っているのだろうかと考える。楓花はそれを知っていたのだろうか。それとも思い出したのか。きっかけは、マッド・モランを再現したことだろう。もしも……と、あかねは考える。楓花が夢科学研究所と出会っていなかったなら、彼女は死なずに済んだのだろうか。

「私たち、余計なことをしたんでしょうか」

あかねはフロイトに訊いてみた。

車は再び権兵衛峠に向かっている。今から所沢へ戻っても、大学に着くのは夕方だ。

「研究所でVRを体験したとき、楓花さん、『知ってる……ここ……』って言ってたような気がします。もしかしてあの時に、光里の家のことを思い出したんじゃないでしょうか」

「かもね」と、ヲタ森。

「潜在記憶が引き出されて、確かめずにいられなくなったのかもね」

「なら、楓花さんを死なせたのは私たちってことになりませんか？」

「なんで？」

と、ヲタ森がまた訊いた。フロイトは無言でいる。

コンビニや一里塚の脇を通って、車は旧中山道を木祖村へ向かう。

「だって、記憶が戻らなかったら、楓花さんは自殺なんかしなかったでしょ」

突然ウインドウを全開にすると、ヲタ森は、ぷっと外に向かって何かを吐いた。

激しい風が後部座席に舞い込んで、あかねの髪をかき乱す。再びヲタ森が窓を閉めたとき、あかねは、梅干しの種を吐き捨てたのだと思った。大口を開けて眠っていたくせに、まだ種を残していたことにも驚いたけれど、ヲタ森が大事な種を吐き捨てたのを見ると、向こう脛《ずね》を蹴り飛ばされたような気がした。ヲタ森も、自分と同じ気持ちでいるのだ。楓花をマッド・モランから救おうと徹夜で仕上げたVRが彼女を殺してしまったなどと、自分はなんてひどいことを言ったのだろう。

「自分の場所を探していたのじゃないだろうか」

助手席で、前を見たままフロイトは言った。

「音羽さんは自分の居場所をずっと探していたのじゃないかな？　あかね君、言っていたよね？　一番古い彼女の記憶が、お兄ちゃんにおんぶしてもらって、他のお兄ちゃんにも心配してもらって、それが嬉しくてタヌキ寝入りをしたことだって」

あかねはバックミラーに映るフロイトの顔を探したが、座った位置からは仏頂面のヲタ森しか見えなかった。

「ぼくならどうしただろうって、ずっと考えているんだよね。もしもあそこに大切な家族が眠っていて、それを誰も知らなくて、二十年以上もずっと暗い地下室に閉じ込められたままだったなら、どうしただろうと。それを証明する術もなく、助けて欲しいと言うこともできず、供養もできず、存在すら隠されたままだったとしたら……」

どうしただろう。たとえば私が楓花さんだったら。

心が激しく揺さぶられたが、あかねに答えは出せなかった。けれど、でも、楓花がそれを話してくれなかったことが悔しい。

信用してくれたらよかったのに。相談してくれたらよかったのに。そうすれば、一緒に何かできたはず。そうすれば……。

山と山とに挟まれた峠道を見渡しながら、あかねはじっと考え続けた。

楓花さんのお母さんは、どうしてこんな山の中に彼女を連れて来れたのだろう。どうして小さな楓花さんを、施設に置いて行けたのだろう。どう考えても、捨てたとしか思えないのだ。

わからないことはまだ多い。それでも音羽楓花が帰らぬ人となったことや、それが光里の家と関係があることだけは間違いないとあかねは思った。

たかが夢、されど夢。あの場所から救い出して欲しくて、マッド・モランは関係者の夢に現れたのだろうかと。

エピローグ

梅雨が明け、幽霊森に本格的にヤブ蚊が発生する頃に、あかねは新聞を握りしめ、ノックもせずに夢科学研究所へ飛び込んでいった。

「うわ、ビックリした。ノックをしろよ、入口にそう書いてあるだろう」

ヲタ森が叫んだが、かまうことなくあかねはデスクに朝刊を広げた。

【被害児童か！　二十一年前の土砂災害現場で複数の人骨が発見される。捜索願出されることなく】

「これ見て下さい！　一面に載ってます。これ、これって光里の家のことですよね」

ヲタ森とフロイトが寄って来たので、あかねは新聞を二人に預けて、自分のパソコンを立ち上げた。記事を見たマッド・モランの関係者らが情報を発信して、『のぞいてみよう誰かの夢・夢スクリーン』へのアクセス数が爆発的に跳ね上がっているだろうと考えたからだ。

「あれ」

可視化した夢を公開するスレッドから、マッド・モランは消えていた。

「動画がない。どうして？」

「昨夜マッド・モランを削除した。見世物じゃないからね」

新聞に目を落としたままでフロイトが言う。

「高山刑事が電話をくれたんだよ。明日の新聞に事件のことが載るはずだって」

「え……じゃ、記事のこと、知っていたんですか」

「載るって話を聞いただけ。現物を見るのは初めてだ。ペコ、お手柄」

やはり文面から目を逸らさずに、ヲタ森が言う。

「ついにやったな、音羽楓花……隠蔽された仲間たちを、土砂の中から救い出したな……」

そう言って、ヲタ森は合掌した。次いでフロイトが瞑目《めいもく》したので、あかねもそっと目を閉じた。

予測したのは自分たちだけど、まさか本当に、あの場所から人骨が出るとは思わなかった。思わなかったというよりも、思いたくなかったというのが正しい。ひどいのは子供らを見殺しにした院長と、騒ぐことさえしなかった親たちだ。楓花さんがもし『もらわれてきた遊べない子』で、地下室にいたとしたならば、両親は悲しむことすらなかったのだろうか。

　コンコンコン！

　死んだ子供のことを考えていたので、ノックの音にギョッとした。そうでなくとも、この研究所に来る者はほとんどいない。

「どうぞ」

　フロイトが答えるとドアが開き、まといつく蚊を追い払いながらスパイラルパーマの小柄な男が飛び込んできた。

「いやぁ参りました。都会の蚊の方がしつっこいですねえ」

　そう言って笑う顔には見覚えがある。

「木曽中央警察署の……高山刑事？」

　ビックリして、あかねは言った。

「その節はどうも、大変お世話になりまして。今は異動になって別の署に勤務しているんですが」

　高山はそう言うと、紙袋に入った土産をあかねに向けて差し出した。

「何がいいかと迷った挙げ句、伊那まで戻って木曽のクマザサ団子を買って来ました。でも、ここでは熊笹なんて珍しくもなかったですね」と、また笑う。

「いいえ、とても嬉しいです」

と、横からちゃっかり菓子を奪ったのはヲタ森だ。さっそく袋の中身を確認している。

「あっ、数をチェックしますからね。無断で保存食にするのはナシですよ」

「あかね君……」

フロイトは恥ずかしそうにメガネを押さえて、高山に椅子を勧めた。

「今日はまた、どうしたんですか刑事さん。昨夜電話で話したばかりなのに。まさかヲタ森の話を真に受けて、わざわざ調書を取りに来てくださったとかですか？」

「いえ、そうじゃなく、お礼とご報告に来たまでで。先生たちのおかげで、仏さんを掘り出してやることができました。ありがとうございました」

高山は椅子に座る前に、そう言って深く頭を下げた。

三人は高山と車座になってその後の詳しい話を聞いた。あかねたちが木曽中央警察署を去った後、高山らは施設の関係者を探し出して当時の事情を訊くことから着手したという。

「驚いたことに、当時施設にいた職員のうち、その後二名が自殺して、一名が行方不明になっていました。自殺の理由はわかりませんが、地下室の子供たちのことを知っていたとするならば、罪の意識に耐えられなかったのかもしれません。年配の看護師の所在をつきとめて話を聞きに行ったところ、こちらは災害時の記憶がスッポリないとのことでした。証言が得られなかったので、今度は光里の家の金の流れを追ってみ汐ました。こちらもなかなか難航しましたが、母親と見舞いに来ていて死亡した大杉汐音ちゃんに支払われた見舞金が三十万円程度と低額だったことや、あとはやっぱり、大杉日用品を納めていたきりばん屋の証言。そして郵便局。私書箱に届いた品の伝票などから、少しずつ施設の抱えた事情がわかってきました。

一気にそこまで喋ってから、高山は体を起こして息継ぎをした。

「ザックリ言いますと、あそこは治療施設を含む個人病院で、児童福祉施設、児童養護施設の認可は取っていませんでした。でも実際は先生が疑ったとおり、保護者から金を取って子供を預かっていたんです。預かっていたと言えば聞こえはいいですが、その実態は、金で不要な子供を受け入れて第三者に売っていたのです。死亡診断書を偽造して、預かった子供が死んだことにして、子供を欲しがる相手に渡し、正式な戸籍を持たない子供たちを生み出していた。大杉汐音ちゃんは見舞いに行った母親が連れていたわけではなく、捨てられるために連れて行かれて事故に遭遇したとわかりました。赤ん坊の場合は特に、死亡診断書と出生証明書を偽造すれば新しい両親の戸籍に入れることができますからね。音羽楓花さんについても母親を探し当てて話を聞いて来ましたが、生後六ヶ月からあそこに預けっぱなしで、施設が被災したため一も二もなく子供を引き取るしかなかったようです。親たちも共犯ですからね。やりきれませんよ」

「ひどい……やっぱり……そうだったんだ……」

あかねは小さくつぶやいた。高山は続ける。

「こうした事実を積み重ねることで、掘削作業を再開することができました。建物データで頂いたとおり、遺骨は地下室から見つかっています。中に成人女性のものがあり、これが黒田きよゑさんだと思われます。伊藤宗昭院長とは男女の仲だったようでして……」

なんと言ったらいいのか、あかねはただただ、祈るように手を組んだ。

「さて、ここから先がお知らせしたかったことですが。実は、十二歳当時、施設に預けられていたという男性から、偶然話を聞くことができたんです」

高山はフロイトの方へ体を向けた。

「再捜索に当たって自衛隊松本《まつもと》駐屯地に協力を仰ぎましたが、彼はそこにいたのです。今回の件でただ一人、当時のことを明解に証言してくれた人物ということになりますが、下条宏和さんが食材の配達時に声を掛けたのがこの人物と思われます。当日は長雨がようやく上がって、久々に外へ出られる日だったそうですが、おそらく大杉汐音ちゃんの件で施設外の人間が訪れることになっていたために、動ける子供たちは森で遊べと追い出されていたようです。子供は賑やかですからね」

きりばん屋から配達に行ったとき、五、六人の子供たちが庭にいるのを見たという下条の言葉を思い出す。その中に、音羽楓花もいたのだろう。

「そんなわけで、大きい子が小さい子を背負うなどしてキャンプ場まで遊びに出かけた。その途中で土砂災害警報の装置にイタズラしている子供をみつけて、ケンカになったと言っています。当時の新聞にも警報装置が作動しなかったとありますから」

まさか、それがユカリさんの従兄弟たちだろうかとあかねは思ったが、今さら確認する術はない。

「それで、この先が、先生がサイトに載せた再現映像とそっくりな状況でした。事前にあれを見ていたので、彼の話を聞いたときはゾッとしましたよ」

高山は呼吸を整えるように天井を見上げた。プレハブ小屋の天井は殺風景なばかりで見るものもない。カーテンもブラインドもない部屋だから、無駄に豪華なヲタ森の機器が異彩を放つ。ただ椅子に座っていただけのヲタ森も、再現映像と言われたとたんに目を上げた。

「あの地方には、蛇抜といって、蛇が巨大になりすぎると沢を下るという伝説があります。その時には独特の生臭い匂いがするそうで、ケンカをしていた子供たちは、それぞれ異変に気が付きました。施設には大好きなきよゑ先生や仲間たちがいる。異変を知らせなければと大急ぎで山を下ったそうです。小さな子を背中に背負って」

ふぅーう、ふぅーう、は、は、は。ふぅーう、ふぅーう、は、は、は。

マッド・モランの吐く息を、あかねは耳元で聞いた気がした。夕暮れ時の山の中、楓花を背負った少年たちは、必死で施設に戻ろうとした。長雨で湿った地面。笹や雑草が茂る道を駆け下りたのだ。使命感に駆り立てられて。

知らせなきゃ。大声で『逃げて！』と、言わなくちゃ。楓花が悪夢に見たものは、絶望的な焦りだったのかもしれない。

「けれど間に合わなかった。それこそ、あっという間の出来事だったそうです。彼らの前で、土砂は建物を呑み込みました」

あかねは一瞬、呼吸を止めた。

「村や消防団が土砂崩れを知らされたのは翌未明のことでしたが、実際には、もっと早く救助活動が始まっていました。少年たちは倒壊した建物に辿り着き、職員や院長らと一緒に土砂に埋もれた子供たちを探したんです。それこそ、必死に」

小さな楓花もそれを見たのだ。斜めになった入口の扉。埋もれた階段のその奥に、曲がってしまった額の絵や、泥だらけになった廊下と、部屋と、半分埋まった肘掛け椅子を。

「けれど徐々に日が暮れて……そうすると、院長はその場にいた子らを選別して、二手に分けたと言います」

「名簿に残されていた正規の子供と、非正規に預かっていた子供に。ですね？」

「そうです」

フロイトはメガネの奥で両目を閉じた。

「当日、休みを取っていた職員ですが、休日だったというのは嘘です。彼の話では、職員も現場にいたそうです。非正規の子供たちだけが職員の車に乗せられて、急いで施設を後にした。そして親たちに連絡を取って、有無を言わせず引き取らせたのです。親にも後ろめたいところがあったので、表沙汰になることはありませんでした。地下室の子供たちに関しては、別途、施設側から秘密裏の交渉があったと思われますが、それはこれからの捜査になります」

フロイトは目を開けた。

「そうしてその職員は、子供たちを脅したんじゃないですか？　このことを喋ると『へんびさ』が来る。山から『へんびさ』が下りてきて、おまえたちを呑み込んでしまうぞと」

「そうです……その通りです」

さすがですねと言うように、高山は浅く腰を浮かした。

「施設が土砂に流されるところや、被害に遭った仲間の姿を見た後ですからね。脅しと恐怖はトラウマになって、長いこと気を病んだと彼は言います。地下室の子供たちが助けられなかったことについては、まったく知らなかったそうです。後に記事を調べたときも、犠牲者の数は子供を含めて五人でしたし、混乱の中、自分と同じに親元へ帰されたとばかり思っていたと泣いてましたよ。土を掘りながら」

「決して誰にも喋ってはいけない。誰かに話せば『へんびさ』が来るぞ。そう言い含められた子供らは、記憶を封印することにしたのでしょう。忘れてしまえば話せないから。でも、危険を知らせて仲間を助けることができなかった罪悪感は、記憶の底に澱《おり》となって溜まり、ニュースで災害映像を見たことで、再び首をもたげてしまった。マッド・モランの正体は……」

フロイトは言葉を切って、その先を言わなかった。

あかねもぎゅっと目を閉じた。だから失語症になったのだ。楓花も、田村純一も。マッド・モランは大人のエゴだ。大人たちは悲劇を受け止めきれず、保身ばかりを考えたのだ。あかねは両手を拳に握り、唇を噛みしめた。涙は出ない。激しい怒りを感じていたから。

「つまりはそういうことでした。今回の件ですけれど、音羽楓花さんの一件がなければ、そのままだったと思います。事実が明るみに出てしまったからには、あの建物も、すっかり撤去されることでしょう。場所が場所ですからね、物見高い野次馬が山を荒らして遭難しても困りますし」

話し終えると高山は立ち上がり、

「では、自分はこれで」

と、もう一度深く頭を下げた。それから、

「夢の研究なんて、って、失礼ながら、最初は俺も思ったんですが、今は考えを改めました。世の中って腹立つことが多いですけど、不思議なこともけっこう多いんだって、今回のことでわかりましたよ。いや、勉強になりました」

ドアを開けるなり蚊を牽制するように両手を振って、高山は出て行った。フロイトに促され、代表であかねが見送りに出る。

「刑事さん、正門までお送りします」

後ろから声を掛けると、高山はドアを出たところでブルーシートの下に干してあるヲタ森のパンツを眺めていた。

「恐縮です。ところであれは、魔除けか何かですか?」

今日のは黒地に極彩色のマンドリルの顔がプリントされたトランクスだ。高山が突然訪問してきたので、取り込む間もなく見られてしまった。あかねは自分のことのように恥ずかしかった。

「そ……魔除けというか……魔除けですっ」

いっそ胸を張って宣言する。

「パンツが魔除けか……新しいなあ」

と、高山は笑う。いつの間にか幽霊森にも夏が来て、木々が鬱陶しいくらいに茂っている。森が暗いから下草はあまり育たず、笹ばかりだ。高山と一緒に獣道を歩いていると、

「学内で聞いたんですけど、ここって幽霊が出るんですよね？」

高山がいきなり訊いた。

「そういう噂があるから幽霊森って呼ばれているけど、正体はフロイト教授とヲタ森さんです。こんな場所に研究室があるなんて、知ってる学生がいないから、教授を幽霊と間違えたんです」

「あれ？　でも、さっきは三人とも研究室にいたじゃないですか？」

「ええ。ちょうど新聞を読んでいて……」

あかねは目を上げて高山を見た。高山は、「おかしいなあ」と、首を傾げている。

「え……なんか見たんですか？」

「あそこらへんに」

高山はプレハブ小屋の奥を指さした。前にフロイトが、楓花の店で買ったパンの袋をぶら下げて帰って来たあたりである。

「白衣の人がいたんですよね。風路教授だと思って声を掛けたんですけど返事がなく

て。でも、研究室へ入ったら、中にいたから」

ゾッとしてあたりを見回してみたが、森はいつもの森だった。

「あれは何だったのかなあ。結構ハッキリ見たんだけどな」

高山と自分の間に空いたスペースを、あかねはこっそり半歩ほど詰めた。今にして思えば、フロイトが研究室を出るときは、いつも白衣を脱いでいる。そしてヲタ森は白衣を着ない。だからこの幽霊森で白衣の人物を見るのはおかしい。

あかねは高山の前に進むと、早足で森を抜け出した。

回廊を抜けて庭園に出ると、学長がバラ園で作業をしていた。いつもと同じ作業着姿で、年季の入った麦わら帽子を被っている。

「先ほどはどうも！」

高山は学長に声を掛け、向こうが顔を上げると頭を下げた。

「用務員さんに場所を教えてもらったんですよ。案内板に記載がなかったものだから」

そう言うので、

「あれは用務員さんじゃなくて、この大学の学長です」と、教えてあげた。

「まさか」

本気で驚く高山の顔が面白い。あかねは高山を連れてバラ園に入った。

た。

「伊集院周五郎学長。お疲れ様です」

頭を下げると、学長は麦わら帽子をチョイと上げ、大きさの違う両目を細めて笑っ
「夢科学研究所へ、行き着けたようですな」

「まさか学長だったとは……いえ、でも、ホントに？」

「本当ですよ」

学長はすまして雑草をむしりながら、

「今日は企業説明会だったのかい？」

と、あかねに訊いた。

「違いますけど、どうしてですか？」

「髪の毛が真っ黒だからだよ。スプレーで染めるんだろう？」

あかねは上目遣いに自分の髪を眺めると、一房引っ張って、淋しげに言った。

「これはスプレーじゃないんです。今回、マッド・モランの件で……亡くなった楓花さんや、色々なことを考えちゃって……ピンクにしている場合じゃないなって」

作業用の革手袋を外して立ち上がると、学長は高山刑事の前に進んだ。

「本校の者がお世話になったそうで、ありがとうございました」

と、帽子を脱ぐ。

「いえ。お世話になったのはこっちのほうで」

「弱小研究所に初めて入金があったと報告がありました」

それから学長は幽霊森のほうへ目をやった。

「夢の研究なんぞ何の役に立つかと思われるかもしれませんが、風路教授は優秀です。数奇な運命と言いますか、彼には夢の研究をしなければならない理由があります。今回のことは大きな励みになることでしょう。私からもお礼を言います」

背中を真っ直ぐにして腰を折る礼の仕方は、庭師の格好をしていても庭師には見えず、私立未来世紀大学学長の風格と趣がある。恐縮する高山をよそに、学長はあかねに目を向けた。

「きみも頑張っているようだね？　風路君が褒めていたよ」

「私ですか？」

全身がカーッと熱くなる。たぶん、赤くなっているのだろう。

「のっけからショックな事件に遭遇してしまったようだけど、きみがいてくれなかったなら、悪夢の謎は解けなかっただろうと言っていたよ。細長い人の操縦にも長けているとね。意外な才能だと思うがね」

学長はそう言うと、両目を同じ細さにして「ふぉっふぉっふぉ」と笑った。

「県警本部でも、今回のことは話題になりました。夢が事件を暴いたなんて、俺としては初めての経験でしたが、ベテラン勢はわりとすんなり受け入れていたので、よけいに驚いたんですよねえ。被害者が夢枕に立って犯人の名前を告げるとか、自分の埋められた場所を語ったりするのは珍しくないそうです。もちろん、それと捜査は別ですけどね」

高山はそう話し、話の途中で「あ？」と、小さく声を上げた。三人の足下には、学長がむしった草が山になっているのだが、彼はひざまずいて、中から一本を拾い上げた。茎の部分がほんのり赤く、不規則な楕円形の葉を持つ雑草だ。

「これですよ。ウマズイコ、音羽楓花さんがおやつにしていたのは」

それはどこの道端でも目にする雑草だった。名前があるなんて、あかねは思ったこともなかった。

「タデ科ギシギシ属のギシギシだね。ウマズイコ、ウマスイベと呼ぶ地域もあるが」

と、学長は言う。

「強くてねえ、踏まれても刈られてもまた生えてくる雑草だけど、根は漢方薬になるんだよ。飲めば便秘に、塗れば水虫たむしに効果があるんだ」

「茎に塩をつけておやつにしたって、楓花さんが」

「農薬を使っていないから食べられるよ。食べてみるかね？」

学長が言うので、あかねは高山のウマズイコをもらった。太い茎のものを探すと聞いたが、学内のそれは小指ほどの太さしかない。茎は筋っぽく、真ん中に穴が空いている。土を払って鼻に近づけてみると、草の匂いしかしない。口に持っていき、ガリッと噛んだ。

「酸っぱ……」

青臭さと酸っぱさで、思わず目をしばたたく。酸味はあるけど草の味だ。塩をつけたからって、美味しいものでは決してない。と、いうか、こんなものは食べられない。

そう思ったら、あかねの両目に涙がこぼれた。

「どうしたね？」

「泣くほどマズい味だったかなあ」

高山は言って、あかねのウマズイコをちょっと折り、自分の口に放り込んだ。

「すっぺ……ああでも、こんな味こんな味。呑み込むんじゃなく、筋は吐き出すんですよ」

「違う。そうじゃないんです」

涙を拭いて、あかねは言った。

「そうじゃなく……でも……マズすぎるから……」

あかねはもう一度雑草を噛むと、青くて渋くて酸っぱい味を、全身全霊で味わった。

「これって、塩つけてもたぶん……酸っぱい……青い……臭い……不味い……」

ポロポロと涙を流しながら、あかねは、あの場所で命を絶った楓花の気持ちが少しだけわかる気がした。

マッド・モランを見ていた楓花のまわりに、きよゑさんや、お兄ちゃんや、お姉ちゃんや、わずかの間だけ家族のように過ごした仲間たちの魂が一緒にいたのじゃないかと思った。あそこは楓花の家だった。だから楓花はあそこで死んだ。新しい自分の家を作ることもできないで。

見上げる空には入道雲が湧き、夏の訪れを告げている。大学が夏休みに入ったら、もう一度、あの場所へ行こうとあかねは決めた。今度は楓花がしたように、花束とお線香を持っていこう。桜井ユカリが快方に向かっていることや、楓花さんをおんぶしたお兄ちゃんの一人が無事だったことも、あそこで楓花さんに報告しよう。フロイト教授とヲタ森さんも、もちろん誘って。

駐車場まで高山を送り、再びバラ園を通ったとき、伊集院学長の姿はすでになかった。フロイトが夢を研究せずにいられない理由を、聞こうと思ったのに残念だ。

幽霊森の入口で、あかねはヲタ森に電話した。幽霊が怖いから迎えに来てと呼びつける。

「なんで？　なんで俺がペコを迎えに行かなきゃならないの？」

「なんででもです。だって私たち、研究仲間じゃないですか」

返事を待たずに電話を切って、あかねは回廊でヲタ森を待った。ここへ初めて来た日のことが、随分昔に感じられた。幽霊森に研究施設があるなんて。しかも、夢を研究しているなんて。ちょっと見イケメンのフロイト教授とヲタクのヲタ森、そうして私。私は彼らの仲間なのかな。

考えていると、茂みの向こうに人影が兆《きざ》した。幽霊かと思ったけれどそうではなくて、仏頂面のヲタ森と、ロイドメガネのフロイトが、二人で迎えに来てくれた。

「ここですよー、ここ、ここ」

手を振ると、二人は足を止めて顔を見合わせ、

「ふざけんなよ」

と、ヲタ森が言った。フロイトの表情はロイドメガネに隠れて見えない。

でも、その瞬間、あかねはとても幸せだった。

夢を見ますか。あなたはそれを覚えていますか。あなたが見た夢の話を聞かせて下さい。

フロイトこと風路亥斗教授とヲタクのヲタ森、城崎あかねが伺います。

To be continued.

参考文献

『精神医学再考――神経心理学の立場から――』 大東祥孝＝著／医学書院
『蛇抜・異人・木霊――歴史災害と伝承――』 笹本正治＝著／岩田書院
『元報道記者が見た昭和事件史――歴史から抹殺された惨劇の記録――』 石川清＝著／洋泉社
『たのしいムーミン一家』 トーベ・ヤンソン＝著／山室静＝訳／講談社文庫

―――本書のプロフィール―――

本書は書き下ろしです。

小学館文庫

夢探偵《ゆめたんてい》フロイト
―マッド・モラン連続死事件《れんぞくしじけん》―

著者 内藤《ないとう》 了《りょう》

二〇一八年二月二十七日 初版第一刷発行

発行人 菅原朝也
発行所 株式会社 小学館
〒一〇一-八〇〇一
東京都千代田区一ツ橋二-三-一
電話 編集〇三-三二三〇-五六一六
販売〇三-五二八一-三五五五
印刷所――大日本印刷株式会社

ISBN978-4-09-406498-8